一期一会《イチゴイチエ》®

10年後《ねんご》のあたしたちって!?

未来《みらい》の約束《ヤクソク》プロフ

ず～っと仲《なか》よしでいたい友《トモ》ふたりと
3人《にん》で書《か》きこむプロフだよ

Zutto Shinyu!
10年後《ねんご》もずっと仲《なか》よしの親友《シンユウ》!

Tomo no Namae♥
友《トモ》の名前《なまえ》
ニックネーム

Namae♥
あたしの名前《なまえ》
ニックネーム

Tomo no Namae♥
友《トモ》の名前《なまえ》
ニックネーム

友《トモ》に書《か》きこんでもらおう!

次《つぎ》のページへ続《つづ》くよ!

Mirai no Yakusoku

あたしたちの未来《みらい》の約束《ヤクソク》!!

★あたしたち★

は

↑メンバー3人《にん》の名前《なまえ》を書《か》いてね!

大好《だいす》きだよっ!

10年後《ねんご》の　　月《がつ》に

あんたとの出会《であ》いはキセキ!

に集合《しゅうごう》することを

↑例《れい》) 学校《がっこう》、○○ちゃんの家《いえ》、よく行《い》くお店《みせ》や公園《こうえん》など★

約束《ヤクソク》します。そして、それまでずーっと!!

親友《シンユウ》でいることを約束《ヤクソク》します!!

I♡友

ずっとずっとよろしくね!

きょうの日《ひ》づけ

年《ねん》　月《がつ》　日《にち》

Mirai no Sugata

あたしたちの 10年《ねん》後《ご》大《だい》予《よ》想《そう》!!

メンバー3人《にん》で話《はな》しあって
書《か》きこんでね

あたしたちの中《なか》で
最《さい》初《しょ》に結《けっ》婚《こん》
しそうなのは？

ちゃん

あたしたちの中《なか》で
いちばん買《か》い物《もの》じょうずに
なりそうなのは？

ちゃん

あたしたちの中《なか》で
いちばんお金《かね》持《も》ちに
なりそうなのは？

ちゃん

10年後《ねんご》
すっごいギャルに
なっていそうな
クラスの女子《じょし》は？

ちゃん

番《ばん》外《がい》編《へん》
～クラス編《へん》～

10年後《ねんご》
もっとモテモテに
なっていそうな
クラスの男子《だんし》は？

くん

次《つぎ》のページへ続《つづ》くよ！

ImanoAtashitachi
今《いま》のあたしたち

今《いま》、書《か》きこんでね！
友《トモ》にも書《か》いてもらおう

この本《ほん》の持《も》ち主《ぬし》

今《いま》のあたし

プリor似顔絵《にがおえ》

年《ねん》れい

才《さい》

ほしいもの

好《す》きな色《いろ》

好《す》きな人《ひと》

いる・いない

今《いま》の友《トモ》

名前《なまえ》

プリor似顔絵《にがおえ》

年《ねん》れい

才《さい》

ほしいもの

好《す》きな色《いろ》

好《す》きな人《ひと》

いる・いない

今《いま》の友《トモ》

名前《なまえ》

プリor似顔絵《にがおえ》

年《ねん》れい

才《さい》

ほしいもの

好《す》きな色《いろ》

好《す》きな人《ひと》

いる・いない

Mirai no Atashitachi

10年後《ねんご》のあたしたち

⚠ 注意《ちゅうい》!!
10年後《ねんご》に書《か》きこむ
ページだよ☆

この本《ほん》の持《も》ち主《ぬし》

10年後《ねんご》のあたし

年《ねん》れい　　才《さい》

プリorに似顔絵《にがおえ》

ほしいもの

好《す》きな色《いろ》

好《す》きな人《ひと》

いる・いない・結婚《けっこん》した♥

10年後《ねんご》の友《トモ》

名前《なまえ》

プリorに似顔絵《にがおえ》

年《ねん》れい　　才《さい》

好《す》きな色《いろ》

ほしいもの

好《す》きな人《ひと》

いる・いない・結婚《けっこん》した♥

10年後《ねんご》の友《トモ》

名前《なまえ》

年《ねん》れい　　才《さい》

プリorに似顔絵《にがおえ》

ほしいもの

好《す》きな色《いろ》

好《す》きな人《ひと》

いる・いない・結婚《けっこん》した♥

次《つぎ》のページへ続《つづ》くよ！

メンバー３人《にん》で
話《はな》しあって、今《いま》
書《か》きこんでね！

Waku waku keikaku
10年後《ねんご》にみんなで集《あつ》まったら？

Okesyou
当日《とうじつ》のメイクは？

したいメイクのところに、
それぞれの名前《なまえ》を書《か》いてね。
(かぶってもいいよ！)

- ギャルふう バッチリメイク
- フワ甘《あま》 かわいめメイク
- かざらない ナチュラルメイク

Omise
10年後《ねんご》、みんなでカフェに行《い》くなら？

行《い》ってみたいカフェの☆に
水玉《みずたま》もようをかいてね。
(何《なん》コでもOK《オーケー》！)　例《れい》☆

- ☆ パンケーキのカフェ
- ☆ ケーキ食《た》べほうだいカフェ
- ☆ パフェ専門《せんもん》カフェ
- ☆ 和《わ》ふうカフェ
- ☆ かわいいココアのカフェ

どんなあたしたちになってるのかな
この笑顔《えがお》は変《か》わらないよ！

Kareshi
カレシがいたら？

メンバーにどう紹介《しょうかい》する？　やりたい♡に
水玉《みずたま》もようをかいてね。(何《なん》コでもOK《オーケー》！) 例《れい》♡

♡ つれてくる　♡ 写《しゃ》メを見《み》せる　♡ 口《くち》で説明《せつめい》する　♡ プリを見《み》せる

Otomari
みんなで旅行《りょこう》に行《い》くなら？

どこに行《い》きたい？

外国《がいこく》で、行《い》きたいところの点線《てんせん》をなぞってね。
(何《なん》コでもOK《オーケー》！)

- イタリア
- ハワイ
- アメリカ
- 韓国《かんこく》
- オーストラリア
- グアム
- フランス
- タイ
- インド

何日間《なんにちかん》がいい？

数字《すうじ》を書《か》いてね。

□日間《にちかん》！！

当日《とうじつ》 Mochi mono
持《も》ってくるものは？

持《も》ってきたいものの☆に
しましまもようをかいてね。
(何《なん》コでもOK《オーケー》！) 例《れい》☆

- ☆ いっしょにやってた交換《こうかん》ノート
- ☆ 卒業《そつぎょう》アルバム
- ☆ プリ帳《ちょう》
- ☆ カメラ
- ☆ この本《ほん》

集《あつ》まるだけで
ワクワクが
止《と》まらないね

みんなとの約束《ヤクソク》は
大切《たいせつ》なたからもの！

次《つぎ》のページへ続《つづ》くよ！

Mokuhyo!
10年《ねん》後《ご》に向《む》けて!!

目標《もくひょう》にしたいものの□に♥をかわいくかいてね。(何《なん》コでもOK《オーケー》！)
友《トモ》にもやってもらおう。

あたしの目標《もくひょう》！

- □ 美人《びじん》になる！
- □ おしゃれになる！
- □ 料理《りょうり》じょうずになる！
- □ カレシ作《つく》る！
- □ 夢《ゆめ》に向《む》かってがんばる！

←友《トモ》の名前《なまえ》　の目標《もくひょう》！

- □ 美人《びじん》になる！
- □ おしゃれになる！
- □ 料理《りょうり》じょうずになる！
- □ カレシ作《つく》る！
- □ 夢《ゆめ》に向《む》かってがんばる！

←友《トモ》の名前《なまえ》　の目標《もくひょう》！

- □ 美人《びじん》になる！
- □ おしゃれになる！
- □ 料理《りょうり》じょうずになる！
- □ カレシ作《つく》る！
- □ 夢《ゆめ》に向《む》かってがんばる！

いっしょにがんばれる仲《なか》って最高《さいこう》!!

一期一会《イチゴイチエ》®
世界一《せかいいち》の味方《ミカタ》。

ホントの親友《シンユウ》プロフブック

IchigoIchie
Minnaga✿Iru
Soredak
nnanimo
Sutekina✿
Narunda

キャラクター：マインドウェイブ

学研

もくじ

一期一会《イチゴイチエ》
未来《ミライ》の約束《ヤクソク》プロフ　1

いつだってアタシはアンタの味方《みかた》ってこと
忘《わす》れないでね。　12

毎日《まいにち》ワクワク！　となりの席《せき》プロフ　22

すっごく嬉《うれ》しいんだ。ずっと友《とも》だちだよねとか言《い》わなくたって
あんたといると伝《つた》わってくるから。　24

めっちゃ仲《なか》よし♥　信友《シンユウ》プロフ　34

みんながいる、それだけでこんなにもステキな一日《いちにち》になるんだ。　38

自分《じぶん》の番《ばん》が楽《たの》しみ！　交換《こうかん》ノートプロフ　52

いっぱい笑《わら》って　いっぱい泣《な》いて　ケンカも仲直《なかなお》りもたくさんしたね。
アンタとはこれからも　絆《キズナ》を深《ふか》めていきたいって　そう思《おも》ってるんだ。　54

いざ勝負《しょうぶ》！　ライバルプロフ　62

みんなとひとつになれる　あの瞬間《しゅんかん》が好《す》きなんだ。 64

青春《セイシュン》っぽ～い！ 部活《ブカツ》プロフ 70

みんなといる『今《イマ》』がいちばん楽《たの》しい!!
いちばん最高《サイコー》!! 74

いっぱい持《も》ちたい！ おそろプロフ 80

はなれてもひとりぼっちになるわけじゃないよ。
あたしはいつでもアンタの所《トコロ》へ飛《と》んでけるから。 82

ねむれな～い☆ お泊《と》まり会《かい》プロフ 90

一《イチ》期《ゴ》一《イチ》会《エ》の仲間《ナカマ》から 96

〈休《やす》み時間《じかん》コラム〉
恋《こい》バナ打《う》ち明《あ》けタ～イム！
片思《かたおも》い編《へん》 36
両思《りょうおも》い編《へん》 72

いつだってアタシは

アンタの味方《みかた》ってこと
忘《わす》れないでね。

…となりの席《せき》。

となりの席《せき》

あたし、イチカワ　ユノ。

きょうは、このクラスになってはじめての席《せき》がえ。

「ユノ〜！　何番《なんばん》？　あたし十四番《じゅうよんばん》なんだけど」

つくえをガタゴト移動《いどう》させながら、サアヤがあたしの引《ひ》いたクジをのぞきこんできた。

「あたし十五番《じゅうごばん》だよ。やった！　となりだね」

サアヤは、フワフワのロングヘアがよく似合《にあ》う、明《あか》るい雰囲気《ふんいき》の女《おんな》の子《こ》。最近《さいきん》仲《なか》いいんだ。

となりになれて、ラッキ〜！

授業《じゅぎょう》が始《はじ》まる直前《ちょくぜん》、となりからチョンチョン、つつかれた。

ん？　サアヤのノートのはしっこに、何《なに》か書《か》いてある。

『きのう、ツジＰ《ピー》が出《で》てるドラマ見《み》た？　カッコよかった〜♡』

ツジＰ《ピー》!?　あたしの大好《だいす》きなアイドルだ！　すぐに自分《じぶん》のノートのはしっこにお返事《へんじ》。

『もちろんチェックした！　あの役《やく》ぴったりだよね〜。後《あと》で語《かた》ろうよ〜☆』

そんなふうに、となりになったその日《ひ》から、テンション高《たか》〜い毎日《まいにち》が始《はじ》まったんだ。

うらないの本《ほん》を持《も》ってきて、いっしょにやってみたり。

ふたりでプリとったり、プリ帳《ちょう》見《み》せっこしたり。

「そうだ、きょう一日《いちにち》、ペンポ交換《こうかん》してみない〜？」

「好《す》きな人《ひと》の名前《なまえ》を暗号《あんごう》にして話《はな》そうよ〜。あたしは、『ブルー』にする。ユノは？」

サアヤはそうやって、どんどん新《あたら》しいことを考《かんが》えだす。

ふたりだけのヒミツってことで、好《す》きな人《ひと》を教《おし》えあったり、ときには失敗《しっぱい》して落《お》ちこんでることを打《う》ち明《あ》けたり、家族《かぞく》の話《はなし》や将来《しょうらい》の夢《ゆめ》のことも……。

こうしてサアヤは、とっても大事《だいじ》な親友《シンユウ》になっていったんだ。

だけど、ある日《ひ》。

サアヤが何日《なんにち》も続《つづ》けて、学校《がっこう》を休《やす》んだ。

先生《せんせい》の話《はなし》では、おばあちゃんの具合《ぐあい》が悪《わる》くなって、会《あ》いにいってるんだって。

たしか、サアヤのおばあちゃんはアメリカ人《じん》で、今《いま》はカリフォルニアに住《す》んでるって。

はなれてるから「もしも何《なに》かあったら、すごく心配《しんぱい》」って、言《い》ってた。

サアヤのおばあちゃん、だいじょうぶかな……？

あたしは、だれも座《すわ》っていない、となりの席《せき》を見《み》た。

気《き》になって、サアヤにメールしようかと思《おも》ったとき。


「ちょっと！　ユノが言《い》いつけたんでしょ！」

とつ然《ぜん》、あたしのつくえがバンッ、とたたかれた。

クラスでも目立《めだ》ってるタイプのリエコが、こわい顔《かお》でにらんでる。……いったい何《なに》？

「先生《せんせい》に、ブレスぼっしゅうされたの。さっき、ユノに見《み》せたすぐ後《あと》だよ。告《つ》げ口《ぐち》なんて、サイテー！　ユノのこと味方《ミカタ》だと思《おも》ったから見《み》せたのに。まさかウラ切《ぎ》り者《もの》とはね！」

「えっ？　そんなことしてないよ！」

ウチの学校《がっこう》は、アクセは禁止《きんし》されてるんだけど。リエコはきょう、こっそりお気《き》にのブレスをつけてきて、あたしたち何人《なんにん》かに見《み》せてくれたんだ。

あたし、先生《せんせい》に言《い》いつけたりなんて、絶対《ぜったい》してない！

なのに、リエコは話《はなし》を聞《き》いてくれなくて、あたしのことを無視《むし》し始《はじ》めた。

しかも次《つぎ》の日《ひ》。リエコだけじゃなくて、クラスのほかの女子《じょし》まで、無視《むし》してきたんだ。

どうして……？　みんなも、あたしをうたがってるの……？

あたしは悲《かな》しさでいっぱいになった。

さらに、追《お》いうちをかけるように。

リエコが、すれちがいざまに、冷《つめ》たく言《い》いはなった。

「サアヤにもメールで伝《つた》えといたから。ウラ切《ぎ》り者《もの》なんかと仲《なか》よくするの、もう、やめといたほうがいいよって」

ウソ……。ショックで心《こころ》がこおりついた、そのときだった。

「ユノはウラ切《ぎ》り者《もの》なんかじゃない！」

教室《きょうしつ》の後《うし》ろから声《こえ》がひびいた。

あたしも、リエコもほかの子《こ》たちも……声《こえ》のしたほうを見《み》て、目《め》を丸《まる》くした。

「先生《せんせい》に言《い》いつけたりなんて、絶対《ぜったい》しない。だよね？　ユノ」

そこには、強《つよ》く、真剣《しんけん》なまなざしのサアヤが立《た》っていたんだ。

「さっき、日本に帰《かえ》ってきたの。みんな、ひさしぶり！」

そう言《い》って表情《ひょうじょう》をゆるめると、サアヤは、あたしのそばへやってきた。

「サアヤ、おばあちゃんは、だいじょうぶなの？」

「うん。手術《しゅじゅつ》して、少《すこ》し元気《げんき》になった。心配《しんぱい》かけて、ごめんね。……それよりみんな、なんでユノがウラ切《ぎ》り者《もの》だと思《おも》うの？　しょうこはあるの？」

サアヤが見《み》まわすと、リエコやほかの子《こ》たちは、気《き》まずそうに目《め》をそらした。

ナミダが出《で》そうになったけど。

サアヤが力強《ちからづよ》く、あたしにうなずいてくれたから。

勇気《ゆうき》をふりしぼって、リエコやほかの子《こ》たちに伝《つた》えたんだ。

「あのね、誤解《ごかい》だから！　あたしは、リエコをウラ切《ぎ》るようなことしてない。ホントだよ。先生《せんせい》にたしかめれば、わかることだよ。だから無視《むし》しないで、話《はなし》、ちゃんと聞《き》いて。みんなのこと、大事《だいじ》な友《トモ》だって、思《おも》ってるの。だから、お願《ねが》い……」

そして今《いま》。あたしは笑顔《えがお》で、サアヤのとなりに座《すわ》ってる。

あの後《あと》、誤解《ごかい》がとけて、リエコもほかの子《こ》たちも「ごめんね」ってなって、みんなで泣《な》いた。

そしたら、またもとどおりの友《トモ》どうしになれたんだ。

何《なに》もかも、サアヤのおかげだって思《おも》う。

リエコのメールにも、みんなの雰囲気《ふんいき》にも流《なが》されずに、あたしのそばでうなずいてくれた。

あのしゅんかん、サアヤはだれより強《つよ》い、「世界一《せかいいち》の味方《ミカタ》」だった。

『いろいろありがとう。大好《だいす》きだよ！』

ノートのはしっこに書《か》いて見《み》せたら。サアヤは小《ちい》さくほほえんで、ピースした。

（おしまい）

作戦《さくせん》1

おたがいのペンを1日《にち》レンタルしあう☆

おたがいに相手《あいて》の持《も》ってない色《いろ》を貸《か》しあうと、あたしたち協力《きょうりょく》しあってる〜！ って感《かん》じがするんだ♪

作戦《さくせん》2

休《やす》み時間《じかん》にいっしょにうらないの本《ほん》を見《み》る♪

うらないの結果《けっか》を見《み》て、友《トモ》が「これ当《あ》てはまってる〜！」ってすごい反応《はんのう》したときは、盛《も》りあがるし、相手《あいて》のことがもっとよくわかる☆

となりの席《せき》でホントの親友作《シンユウつく》ろっ

あたしたちがよくやる、超仲《ちょうなか》よしになれる作戦《さくせん》だよ〜！ 友《トモ》とどんどん息《いき》が合《あ》ってくるんだ♪

作戦《さくせん》3

こまめにプリ交換《こうかん》しまくる〜！

ちょうだいっ
PuRI
きのうのプリ♪

家族《かぞく》ととったおもしろプリなんかも、よく交換《こうかん》してるんだ☆

作戦《さくせん》4

うれしいときだきつく☆

キャー

思《おも》いっきりギュッてすれば、ハッピー気分《きぶん》をわかちあえるのだ♡

作戦《さくせん》5

休《やす》み時間《じかん》につくえの下《した》で手《て》紙《がみ》わたす！

ありがと！
はいっ
ササッ

ちゃんとしたびんせんやメモ帳《ちょう》じゃなくて、ノートの切《き》れはしとかに書《か》いてこっそりわたすほうが、“仲間《ナカマ》どうし”な感《かん》じがするんだ〜♪

作戦《さくせん》6

いっしょに先生《せんせい》のクセをこっそり数《かぞ》えちゃう！

6回目《かいめ》っ
あっまた

ふたりだけのヒミツってことで、バレないように、こ〜っそりやってるよ！

最終作戦《さいしゅうさくせん》！

好《す》きな人《ひと》を打《う》ち明《あ》けて毎日《まいにち》恋《こい》の状況《じょうきょう》を報告《ほうこく》しあう♥

でねでねっ

好《す》きな人《ひと》にはふたりだけの暗号《あんごう》の名前《なまえ》をつけてるよ♡　話《はな》すときはいつもそれでよぶの！

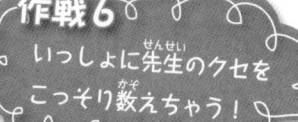

となりの子《こ》が親友《シンユウ》だったら何《なに》したい？

毎日《まいにち》ワクワク！

となりの席《せき》プロフ

書《か》きこむページ
いろんな色《いろ》を使《つか》ってね

Atashi no Tonari
今《いま》、となりはだれ？

当《あ》てはまるものを、かわいくかこんでね。

左《ひだり》どなりの席《せき》は…

（女子《じょし》・男子《だんし》・いな～い）

その子《こ》の名前《なまえ》↓

あたしの席《せき》

右《みぎ》どなりの席《せき》は…

（女子《じょし》・男子《だんし》・いな～い）

その子《こ》の名前《なまえ》↓

今《いま》の席《せき》は…

（サイコー！・まあOK《オーケー》・イマイチ）

Tonari no Shinyu
親友《シンユウ》がとなりの席《せき》になったら？

やってみたいことの□に
かわいく★をかいてね。
（何《なん》コでもOK《オーケー》！）

□ 授業中《じゅぎょうちゅう》にヘン顔《がお》して笑《わら》わせちゃう

□ こっそりノートにイタズラ

Sekigae Time
席《せき》がえになったら！？

当《あ》てはまる分《ぶん》だけ、◯に顔《かお》をかいてね。

席《せき》がえってドキドキする？

早《はや》く席《せき》がえしたい？

Kimekata
席《せき》の決《き》めかたは？

やりたいものの点線《てんせん》をかわいくなぞってね。
(何《なん》コでもOK《オーケー》!)

- クジ
- 誕生日《たんじょうび》順《じゅん》
- 名前《なまえ》順《じゅん》
- 好《す》きな人《ひと》どうし
- 先生《せんせい》が決《き》める
- 早《はや》い者《もの》順《じゅん》

□ ときどきペンポを交換《こうかん》

□ 休《やす》み時間《じかん》にこっそり手紙《てがみ》交換《こうかん》

□ いねむり中《ちゅう》の親友《シンユウ》を起《お》こして助《たす》ける！

□ 休《やす》み時間《じかん》が来《く》るたび恋《こい》バナの続《つづ》き♥

すっごく嬉《うれ》しいんだ。
ずっと友《とも》だちだよねとか
言《い》わなくたって
あんたといると

伝《つた》わってくるから。

…信友《シンユウ》。

信《シン》友《ユウ》

「トウカ～、見《み》て見《み》て！　新《あたら》しいシャーペン、かわいくない？　ドーナツのがらが入《はい》ってるの」
「ホントだ、なんかミスズっぽ～い！　同《おな》じのほしいな～」
あたし、ミスズ。トウカは、小学生《しょうがくせい》のときからの親友《シンユウ》☆
好《この》みも似《に》てて、息《いき》ぴったり。気《き》づくといつも、いっしょにいるんだ。

「ミスズ、このペン、どこで買《か》ったの～？」

あたしのペンポから、トウカがピンクのペンを出《だ》してきいてくる。

ん？　そんなの持《も》ってたっけ……？　あ、いっけない！

「それ、去年《きょねん》、ヨッチンに借《か》りたペンだ。すっかり忘《わす》れてたっ」

「うわ～。ずいぶん前《まえ》だね。そんなに長《なが》く借《か》りてて、だいじょうぶ？」

そ、そうだよね……。

トウカからペンを受《う》けとって、よ～く見《み》ると、うっすらよごれてるし。

借《か》りたときは、もっとキレイだったような……。どうしよ！

でも、ヨッチン、何《なに》も言《い》ってこないし、このペンのこと、忘《わす》れてるかも？

「ミスズ。……もしかして、返《かえ》さないでごまかす気《き》じゃないよね？」

ギクッ！　トウカに心《こころ》の中《なか》を読《よ》まれたみたい。

「あやまって返《かえ》したほうがいいよ。じゃないと、ドロボウになっちゃうよ？」

「ド、ドロボウって、ひどっ！　その言《い》いかた、あんまりじゃない!?」

あたしは、思《おも》いっきりいすをガタンとさせて立《た》ちあがると。

「きょうは、先《さき》、帰《かえ》る！」って、教室《きょうしつ》を出《で》てきちゃった。

家《いえ》に帰《かえ》って、部屋《へや》でヨッチンのペンを見《み》ながら、ハ～ッとため息《いき》をついていると。

ケイタイが鳴《な》った。……トウカから電話《でんわ》だ！

「ミスズ？　さっきはごめん。〝ドロボウ〟なんて言《い》いすぎだった」

「……ううん、いいよ。借《か》りたままにしてたあたしが悪《わる》いんだもん」

トウカは少《すこ》しだまってから、ゆっくりと続《つづ》けた。

「あたしね、ミスズにだけは、言《い》いにくいことも、ちゃんと伝《つた》えなきゃって思《おも》ってたの。ミスズさ、前《まえ》に、あたしがほかの子《こ》の悪口《わるくち》言《い》ったとき、ビシッと注意《ちゅうい》してくれたでしょ。そのときはムカッとしたけど、後《あと》から考《かんが》えたら、やっぱミスズが正《ただ》しかったなぁ～って思《おも》って」

「ああ、六年生《ろくねんせい》のときだよね」

「だからね。ミスズとは、ダメなとこはダメって言《い》いあえるどうしになりたいの」

トウカ。すごく、真剣《しんけん》な声《こえ》。

「ミスズとはね、ホントの友情《ゆうじょう》でつながってるって感《かん》じるから……！」

その言葉《ことば》を聞《き》いたしゅんかん、ナミダがこみあげてきた。

「うん……！　あたしも、そう感《かん》じる」

そう答《こた》えながら、何度《なんど》も何度《なんど》も、うなずいた。

トウカは、あたしの「ホントの親友《シンユウ》」でいてくれようとしてるんだ。ダメなとこ言《い》うのだって、おたがい信《しん》らいしあってるからこそ、できることなんだよね。

電話《でんわ》を切《き》ってから、もう一度《いちど》ヨッチンのペンを見《み》て考《かんが》えた。

あたし、トウカがはっきり言《い》ってくれなかったら、ペンのこと知《し》らん顔《かお》するような、イヤな子《こ》になってたかも。そしたら……後《あと》で絶対《ぜったい》、後悔《こうかい》したよね！

『あした、ヨッチンにはちゃんとあやまって、ペン返《かえ》すよ。ありがとね。やっぱトウカは、ホントの親友《シンユウ》だ☆』

打《う》ったメールを読《よ》み返《かえ》して……一《いっ》か所《しょ》、直《なお》すことにした。

〝親友《シンユウ》〟のところを、〝信友《シンユウ》〟に。

〝親友《シンユウ》〟より、もっと深《ふか》く信《しん》じあえてるから、〝信友《シンユウ》〟……かなって。

この言葉《ことば》の意味《いみ》、トウカならわかってくれるよね？

メールを見《み》たときの笑顔《えがお》を思《おも》いうかべながら、あたしは送信《そうしん》ボタンをおした。

（おしまい）

あたしとあの子《こ》は どんな信友《シンユウ》？

仲《なか》よしの子《こ》とどんな関係《かんけい》になれるのか、
ふたりの星座《せいざ》でわかるよ。チェックしちゃお！

↓あなたと信友《シンユウ》の星座《せいざ》がぶつかるマスのマークを見《み》てね。

うお座《ざ》	みずがめ座《ざ》	やぎ座《ざ》	いて座《ざ》	さそり座《ざ》	てんびん座《ざ》	おとめ座《ざ》	しし座《ざ》	かに座《ざ》	ふたご座《ざ》	おうし座《ざ》	おひつじ座《ざ》	あなたの星座《せいざ》← 信友《シンユウ》の星座《せいざ》↓
✤	🎀	♥	🔑	❋	✦	❋	🔑	👣	🎀	✤	🌹	おひつじ座《ざ》
🎀	♥	🔑	❋	✦	❋	🔑	👣	🎀	✤	🌹	✤	おうし座《ざ》
♥	🔑	❋	✦	❋	🔑	👣	🎀	✤	🌹	✤	🎀	ふたご座《ざ》
🔑	❋	✦	❋	🔑	👣	🎀	✤	🌹	✤	🎀	♥	かに座《ざ》
❋	✦	❋	🔑	👣	🎀	✤	🌹	✤	🎀	♥	🔑	しし座《ざ》
✦	❋	🔑	👣	🎀	✤	🌹	✤	🎀	♥	🔑	❋	おとめ座《ざ》
❋	🔑	👣	🎀	✤	🌹	✤	🎀	♥	🔑	❋	✦	てんびん座《ざ》
🔑	👣	🎀	✤	🌹	✤	🎀	♥	🔑	❋	✦	❋	さそり座《ざ》
👣	🎀	✤	🌹	✤	🎀	♥	🔑	❋	✦	❋	🔑	いて座《ざ》
🎀	✤	🌹	✤	🎀	♥	🔑	❋	✦	❋	🔑	👣	やぎ座《ざ》
✤	🌹	✤	🎀	♥	🔑	❋	✦	❋	🔑	👣	🎀	みずがめ座《ざ》
🌹	✤	🎀	♥	🔑	❋	✦	❋	🔑	👣	🎀	✤	うお座《ざ》

おひつじ座《ざ》…3／21～4／19生《う》まれ	てんびん座《ざ》… 9／23～10／23生《う》まれ
おうし座《ざ》…4／20～5／20生《う》まれ	さそり座《ざ》…10／24～11／21生《う》まれ
ふたご座《ざ》…5／21～6／21生《う》まれ	いて座《ざ》…11／22～12／21生《う》まれ
かに座《ざ》…6／22～7／22生《う》まれ	やぎ座《ざ》…12／22～1／19生《う》まれ
しし座《ざ》…7／23～8／22生《う》まれ	みずがめ座《ざ》… 1／20～2／19生《う》まれ
おとめ座《ざ》…8／23～9／22生《う》まれ	うお座《ざ》… 2／20～3／20生《う》まれ

だったふたりは…

楽《たの》しさMAX《マックス》☀

とことん盛《も》りあがる信友《シンユウ》

趣味《しゅみ》やお気《き》にの芸能人《げいのうじん》など、好《す》きなものがいっしょ。話《はな》しだすと止《と》まらず、遊《あそ》びの計画《けいかく》もどんどん思《おも》いつ いちゃう。ふたりでいると楽《たの》しくてたまらないよ。

もっと仲《なか》よくなるには…

お休《やす》みの日《ひ》に、遊《あそ》びにさそってみよう。一日中《いちにちじゅう》いっしょに過《す》ごすと、相手《あいて》をもっと好《す》きになりそう！

だったふたりは…

強《つよ》くつながってるからだいじょうぶ

ズバッと言《い》いあえる信友《シンユウ》

相手《あいて》の悪《わる》いところを教《おし》えてあげられるし、相手《あいて》もあなたのよくないところをはっきり言《い》ってくれるよ。それでも気《き》まずくならないほど、キズナが強《つよ》いんだ。

もっと仲《なか》よくなるには…

相手《あいて》のいいところを見《み》つけたら、「そういうとこ、好《す》きだよ」って口《くち》に出《だ》して伝《つた》えるよう心《こころ》がけて。

だったふたりは…

言葉《ことば》にしなくてもOK《オーケー》

心《こころ》でわかりあえる信友《シンユウ》

わざわざ口《くち》に出《だ》さなくても、相手《あいて》がどんなキモチでいるか、何《なに》を考《かんが》えているのか、わかりあえちゃうふたり。説明《せつめい》や言《い》いわけなんて、いらないんだ。

もっと仲《なか》よくなるには…

おそろのものを持《も》とう。がらは同《おな》じで、色《いろ》ちがいなど、ちょっとだけ変《か》えたものがおすすめ！

だったふたりは…

どんなときでも強《つよ》い味方《ミカタ》

ピンチを助《たす》けあえる信友《シンユウ》

いつもいっしょってわけじゃなくても、困《こま》ったときにはまっさきに助《たす》けあえる！　なやみをとことん聞《き》いて、ピンチを切《き》りぬける手助《てだす》けをしてくれるよ。

もっと仲《なか》よくなるには…

なやみを相談《そうだん》するときや、アドバイスをするとき、手紙《てがみ》に書《か》くと言《い》いたいことが伝《つた》わりやすいよ。

だったふたりは…

おたがいがライバル！

がんばりあえる信友《シンユウ》

相手《あいて》ががんばっている姿《すがた》を見《み》て、自分《じぶん》も負《ま》けられないと一生懸命《いっしょうけんめい》になれちゃう。いっしょにいると、目《もく》標《ひょう》や夢《ゆめ》が、どんどんかなっていくはずだよ。

もっと仲《なか》よくなるには…

交換《こうかん》ノートをしてみて。ノートの目立《めだ》つところに、それぞれのかなえたい夢《ゆめ》を書《か》いておこう。

だったふたりは…

ふたりでいると超《ちょう》ラクちん

無理《むり》せずつきあえる信友《シンユウ》

強《つよ》がったり、カッコつけなくてもOK《オーケー》。いつもの自《じ》分《ぶん》のまま、のびのびつきあえる関係《かんけい》。相手《あいて》も同《おな》じように、自然《しぜん》でいられてラクだと思《おも》っているよ。

もっと仲《なか》よくなるには…

だれにも言《い》ってないヒミツを、こっそりと打《う》ち明《あ》けてみて。一気《いっき》にふたりの距離《きょり》が近《ちか》づくはず！

だったふたりは…

おたがいすごい!!

尊敬《そんけい》しあえる信友《シンユウ》

「そういうとこ、すごいね」って素直《すなお》に言《い》いあえるふたり。そう言《い》われるとテンションがアガるし、相《あい》手《て》にやさしくなれるので、もっと仲《なか》よくなれちゃう！

もっと仲《なか》よくなるには…

今《いま》、何《なに》にハマっているのか、ときどき聞《き》いてみよう。話題《わだい》が広《ひろ》がっておしゃべりも盛《も》りあがるよ！

だったふたりは…

ふたりそろえば最強《さいきょう》

ニガテを手伝《てつだ》いあえる信友《シンユウ》

性格《せいかく》も、得意《とくい》なことも、全然《ぜんぜん》ちがうふたり。だからこそ、おたがいニガテなところを助《たす》けあえちゃう。ふたりいっしょなら、こわいものはないはずだよ。

もっと仲《なか》よくなるには…

相手《あいて》の好《す》きな色《いろ》を、おたがい持《も》ち物《もの》で使《つか》ってみて。ハンカチやペンポなどの小物《こもの》がおすすめ。

めっちゃ仲《なか》よし♥

本物《ほんもの》のキズナでつながってる?

信友《シンユウ》プロフ

書《か》きこむページ

いろんな色《いろ》を使《つか》ってね

Check List 信友度《シンユウど》チェックしちゃお!!

友《トモ》をひとり思《おも》いうかべて、当《あ》てはまる♡を水玉《みずたま》もようにしてね。

- ♡ フザけて、いっしょにおこられたことがある
- ♡ いっしょに交換《こうかん》ノートをしている♥
- ♡ いっしょにいると、とにかく楽《たの》しい♪
- ♡ 旅行《りょこう》のおみやげをあげたり、もらったりしてる↑↑
- ♡ 後《うし》ろ姿《すがた》を見《み》ただけで、すぐその子《こ》ってわかる!
- ♡ まわりから「ふたりは似《に》てるね」って言《い》われる!
- ♡ 「今《いま》、それ言《い》おうとしてた!」ってよく言《い》われる
- ♡ なぐさめてもらったことがある
- ♡ 今《いま》まで仲《なか》よくなった子《こ》の中《なか》で、いちばん気《き》が合《あ》う気《き》がする★
- ♡ ヘアスタイルや持《も》ち物《もの》がよくかぶる
- ♡ ジャンケンでず〜っとあいこが続《つづ》いた!
- ♡ その子《こ》の好《す》きな人《ひと》を知《し》ってる♥
- ♡ あたしの好《す》きな人《ひと》を教《おし》えた

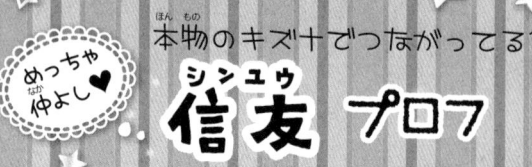

あたしたちは
パーフェクト!!

- ♡ その子《こ》のキライな食《た》べ物《もの》を知《し》ってる
- ♡ 好《す》きな芸能人《げいのうじん》がいっしょ♡
- ♡ はじめて話《はな》した日《ひ》のこと、覚《おぼ》えてる!!
- ♡ その子《こ》のものまねができる
- ♡ 「これ、かわいい～!」って思《おも》うツボがいっしょ♪
- ♡ その子《こ》の家《いえ》に行《い》ったことがある
- ♡ その子《こ》に注意《ちゅうい》されたことがある!

診断結果《しんだんけっか》

水玉《みずたま》ハートはいくつ?

♡が20コ～15コ

超《ちょう》♥信友《シンユウ》

ふたごのような最強《さいきょう》コンビ!

一生《いっしょう》仲《なか》よしだよ

♡が14コ～7コ

かなり信友《シンユウ》

息《いき》の合《あ》う、特別《とくべつ》なふたりだよ

♡が6コ～0コ

ちょこっと信友《シンユウ》

これからキズナが深《ふか》まるかも!?

だれかな～

New Friend

この子《こ》が新《あたら》しい信友《シンユウ》になるかも!?

アミダでうらなっちゃお!

今《いま》、同《おな》じ班《はん》になってる子《こ》

次《つぎ》、同《おな》じ係《かかり》になった子《こ》

イニシャルが同《おな》じ子《こ》

誕生日《たんじょうび》が近《ちか》い子《こ》

あたしたち
信友《シンユウ》♡

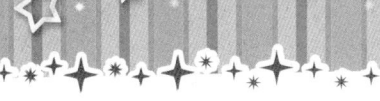

《片思《かたおも》い編《へん》》

一期一会《イチゴイチエ》シリーズに登場《とうじょう》する女《おんな》の子《こ》たちがとっておきの恋《こい》のお話《はなし》、教《おし》えちゃう♡

あたしはアオイ。毎日放課後《まいにちほうかご》に行《い》く図書室《としょしつ》で見《み》かける
彼《かれ》にいつのまにか恋《こい》しちゃってた～
こないだ、彼《かれ》のとなりに座《すわ》ることができて
超《ちょう》ドキドキ★緊張《きんちょう》しちゃったの
でも次《つぎ》の日《ひ》、彼《かれ》が学年一《がくねんいち》のモテ子《こ》と
仲《なか》よくしてるの見《み》ちゃって……
ショック↓↓
うらないでは「運命《うんめい》の人《ひと》」
と思《おも》ったらすぐ告白《コクハク》!!って
あったんだけどなかなか
勇気《ゆうき》が出《で》なくて…
どうしよ～!!

アオイのお話《はなし》は「一期一会《イチゴイチエ》
スキだから。」第《だい》１話《わ》で読《よ》めるよ。

恋《こい》バナ打《う》ち明《あ》けタ〜イム！

ホントの親友《シンユウ》に聞《き》いてほしい♥

あたしのあこがれてる先輩《せんぱい》はね♥超人気《ちょうにんき》アイドルグループのメンバー！
ぐう然先輩《ぜんせんぱい》といっしょに屋上《おくじょう》でひこうき雲《ぐも》見《み》たの♪ そしたらね！「屋上《おくじょう》でいっしょにひこうき雲《ぐも》見《み》たふたりは永遠《えいえん》に結《むす》ばれる」先輩《せんぱい》がそう言《い》ったんだよ 好《す》きってキモチが止《と》まんなくなっちゃったっ 先輩《せんぱい》はアイドルだし、フラれるのはこわいけど ドキドキ→このキモチ伝《つた》えたいって思《おも》うんだ……！

このお話《はなし》は「一期一会《イチゴイチエ》　伝《つた》えたいコト。」第《だい》１話《わ》で読《よ》めるよ。

みんながいる、
それだけで
こんなにも
ステキな一日《いちにち》に
なるんだ。

…、交換《こうかん》ノート。

交換《こうかん》ノート

「はい、次《つぎ》はオトハの番《ばん》ね！」

ミキティがあたしのつくえに、ノートを置《お》く。交換《こうかん》ノート、待《ま》ってました〜♪

音楽《おんがく》のグループ発表《はっぴょう》で仲《なか》よくなったエマ、コナツ、ミキティと、あたし。

すっごく気《き》が合《あ》って、四人《よにん》で交換《こうかん》ノート始《はじ》めたんだ。

さぁて、はじめてまわってきたあたしの番《ばん》。
何《なに》、書《か》こうかな〜っ☆
シンプルなケイ線《せん》だけのノートにしたから、自由《じゆう》に書《か》いていいんだ♪
きのう、かなりウケまくった、お笑《わら》い番組《ばんぐみ》のことにしよっかな。
今《いま》ハマってるマンガのこともいいな。迷《まよ》う〜。

まずは、みんなが書《か》いたページ、読《よ》もっと！　最初《さいしょ》はエマかぁ☆
『ヤッホ～、エマだよ☆　このメンバーで交換《こうかん》ノートできて超《ちょう》うれしい、よろしくね～！
記念《きねん》すべき一周目《いっしゅうめ》だから、きょうは、みんなの好《す》きなとこ、書《か》いちゃいます♪
ミキティ↓おしゃれでスタイルよくて、カッコイイ！　実《じつ》は前《まえ》からあこがれてたり！
男女《だんじょ》だれとでも、ノリよくしゃべれるとこも、うらやましいな☆
コナツ↓ちっちゃくて、ラブリー。守《まも》ってあげたいっ。いっしょにいるだけで、なごむんだ
よねぇ。天然《テンネン》ボケなとこもかわいくて、だぁい好《す》き♡』
へぇ、エマってば、みんなをほめるのうまい～！
あたしのことは、何《なん》て書《か》いてあるんだろう？　読《よ》むの、ドキドキ!!
『オトハ↓おもしろいこと見《み》つけるのが得意《とくい》だよねっ。交換《こうかん》ノートやろうって言《い》いだしたのも
オトハだし！　あと……超《ちょう》やさしい！　前《まえ》にあたしが落《お》ちこんでたとき、すぐ気《き》づいて話《はなし》を
聞《き》いてくれたの、すっごくうれしかったんだ。オトハ、愛《あい》してるよん♡』
ジワッ……感動《かんどう》してナミダ出《で》てきた。次《つぎ》のコナツのページを開《ひら》くと……。

わあ、みんなの似顔絵《にがおえ》♡
しかもあたしの顔《かお》、お気《き》にのマンガの主人公《しゅじんこう》に似《に》てるかも。
ちょっと〜。美人《びじん》にかきすぎだよぉ♪
なんてつっこみつつ、この絵《え》、つくえにかざっときたいくらい気《き》に入《い》った♪

次《つぎ》のミキティは……みんなに似合《にあ》いそうなファッションのポイントを、ビシッと解説《かいせつ》！
あたしには大人《オトナ》っぽいゆるT《ティー》がぴったり、だって☆　そういうの、着《き》てみたかったの。
おしゃれなミキティのおすすめなら、きっと似合《にあ》うよね？　今度《こんど》ちょうせんしよっと。

それにしても。エマもコナツもミキティも……もしかして交換《こうかん》ノートの達人《たつじん》!?
メンバーに話《はな》しかけるように……それぞれのこと、思《おも》いうかべて書《か》いてるんだろうな。
あたしのこと、そんなふうに見《み》てくれてたんだ〜って伝《つた》わってくるよ。
うん、三人《さんにん》のページを見《み》てたら、楽《たの》しいページにするコツがわかった気《き》がする！

あたしは、新《あたら》しいページを開《ひら》いて、じっくりと考《かんが》える。

そうだ！　お休《やす》みの日《ひ》にみんなで行《い》ってみたい場所《ばしょ》ランキング、なんてどうかな。

みんながどんなこと好《す》きなのかも、知《し》りたいなぁ。質問《しつもん》コーナーも作《つく》ろっ。

次々《つぎつぎ》、書《か》きたいことがあふれて、止《と》まらない～！


これまでは、交換《こうかん》ノートって、書《か》きたいことがだんだん思《おも》いつかなくなったりしたけど。

今《いま》は、それが不思議《ふしぎ》に思《おも》えるくらい。

それにね。こんなに時間《じかん》かけて書《か》くの、はじめてかもっ！


最後《さいご》の仕上《しあ》げに、ノートにお気《き》にのシールをはった。

「これで、よし！」

まだまだ、仲《なか》よくなったばっかだけど、みんなとは、「ホントの親友《シンユウ》」になれそう。

次《つぎ》にまわってくるのが、も～っともっと、楽《たの》しみだよっ☆

（おしまい）

親友《シンユウ》といっしょにやってみよっ！

交換《こうかん》ノートで魔法《まほう》の世界《せかい》へ!?

ゲーム

友《トモ》と3人《にん》で交換《こうかん》ノートを始《はじ》めようと名《な》前《まえ》を書《か》きこんだしゅんかん、けむりにつつまれちゃった！　気《き》づくとそこは魔法《まほう》の世界《せかい》!?　しかも、あたしひとりぼっち。友《トモ》をさがさなきゃ！

スタート

持《も》ってるものは交換《こうかん》ノートだけ……。ひとりぼっちでいると、目《め》の前《まえ》にナゾの妖《よう》精《せい》が!?「ノート運《はこ》びの妖精《ようせい》ですぅ！　その交換《こうかん》ノート、お友《とも》だちのところへ運《はこ》びましょうか？」だって。どうする？

★「ふたりともどこ？」と書《か》いて妖精《ようせい》にわたす⇨3マス進《すす》む

★信用《しんよう》できないから無視《むし》⇨1マス進《すす》む

とつ然《ぜん》の強《つよ》い風《かぜ》で、交換《こうかん》ノートが飛《と》ばされた～（汗）妖精《ようせい》にひろわれちゃったから、うばい返《かえ》そうとしたけど……？

★高《たか》くまいあがって取《と》り返《かえ》せなかった⇩1マス進《すす》む

★妖精《ようせい》ににらまれてビビったすきに逃《に》げられた⇩3マス進《すす》む

心細《こころぼそ》くなっちゃったけど、ペンダントのお守《まも》りがあるからだいじょうぶ！　お守《まも》りの形《かたち》は？

★丸形《まるがた》⇨3マス進《すす》む

★星形《ほしがた》⇨4マス進《すす》む

友《トモ》をさがして歩《ある》いていると、
超《ちょう》キレイなお花畑《はなばたけ》を発見《はっけん》!!
このことを後《あと》で友《トモ》に……？

★伝《つた》える！⇩4マス進《すす》む

★ヒミツにする！
⇩1マスもどる

風《かぜ》がふきつづけて超寒《ちょうさむ》い!!
このままじゃ、こごえ死《し》んで友《トモ》に会《あ》えないかも 体《からだ》を動《うご》かしてあったまろう。何《なに》をする？

★ラジオ体操《たいそう》⇨1マス進《すす》む

★その場《ば》かけ足《あし》⇨5マス進《すす》む

妖精《ようせい》、おそいな〜と思《おも》っていたら、もどってきた。
今《いま》まで何《なに》してたと思《おも》う？

★道草《みちくさ》してた⇩3マス進《すす》む

★何《なに》か危険《きけん》な目《め》にあってた
⇩7マス進《すす》む

「あのねぇ、あなたねぇ」と、急《きゅう》に話《はな》しかけられた。
ふりむくとそこには……？

★大《おお》きくてケバイ色《いろ》の鳥《とり》
⇨6マス進《すす》む

★花《はな》たちがおしゃべりしてた
⇨15マス進《すす》む

次《つぎ》のページへ続《つづ》く⇦

足元《あしもと》を見《み》ると、ソックスのがらが変《か》わってる!?
どんながらになってた？

★ハートいっぱい！
⇩1マスもどる

★目《め》がチカチカしそうなチェック⇩4マス進《すす》む

目《め》の前《まえ》に交換《こうかん》ノートが!! びっくりして妖精《ようせい》を見《み》ると、妖精《ようせい》の顔《かお》は……？

★ニッコニコの笑顔《えがお》⇨10マス進《すす》む

★ツンとすました顔《かお》⇨2マス進《すす》む

前《まえ》のページから続《つづ》く⇦

“ツンツン” かたをたたかれてふりむくと、妖精《ようせい》がナミダをうかべてる
どうしたのかな？

★ケガしちゃった（泣）⇩1マス進《すす》む

★ノートよごしちゃった（汗）⇩3マス進《すす》む

妖精《ようせい》が持《も》ってきた交換《こうかん》ノートには、友《トモ》から「さびしいよ」ってメッセージ。返事《へんじ》は何《なん》て書《か》く？

★あたしだって
さびしい⇨7マス進《すす》む

★すぐ会《あ》えるから
がんばろ！⇨11マス進《すす》む

チャラい商人《しょうにん》が通《とお》りかかって「そのノート見《み》せてくれたら、このダイヤあげちゃうぅ↑↑」だって。どうする？

★ちょっとだけ見《み》せちゃう⇩2マス進《すす》む

★あやしい。絶対《ぜったい》に見《み》せない！
⇩3マス進《すす》む

しばらく騎士《きし》とまったりおしゃべり♡
時間《じかん》を忘《わす》れて、いい気分《きぶん》♪
⇨8マス進《すす》む

友《トモ》からまわってきた交換《こうかん》ノートには、もうひとりの友《トモ》が魔法《まほう》の世界《せかい》を楽《たの》しんでる様子《ようす》がかいてある。

★信《しん》じられない!!⇨8マス進《すす》む

★楽《たの》しそうで、あたしまで
ワクワクしてきた!!⇨4マス進《すす》む

ダイヤゲット↑↑と思《おも》ったら、ただのガラス玉《だま》だった↓↓　ちぇっ。
⇩4マスもどる

返《かえ》ってきた交換《こうかん》ノートには、友《トモ》がかいたステキな絵《え》が！　すっごく感動《かんどう》しちゃったT^T　何《なん》の絵《え》？

妖精《ようせい》が交換《こうかん》ノートを持《も》って帰《かえ》ってきた。友《トモ》からのメッセージ、何《なん》て書《か》いてある？

★魔法《まほう》の世界《せかい》って楽《たの》しい～♪
⇩2マス進《すす》む

★もとの世界《せかい》にもどるじゅもんが見《み》つかりそう!!⇩5マス進《すす》む

イケメン騎士《きし》があらわれて「キミはなんて美《うつく》しいんだ♥」と言《い》ってきた！

★きゃ～っ♡ ノートで友《トモ》に報告《ほうこく》！
⇩9マス進《すす》む

★ノートは後《あと》で！イケメン騎士《きし》とおしゃべり♡
⇩3マス進《すす》む

おなかがすいたなぁって思《おも》ったとき、クッキーを持《も》った子《こ》どもを発見《はっけん》！ 声《こえ》をかけると「持《も》ってるものとクッキー１枚《まい》、交換《こうかん》だよ」ってノートを指《ゆび》さした。どうする？

★ノートはわたさずに、どうしてもほしいとお願《ねが》いしてクッキーをもらう⇨8マス進《すす》む

★「見《み》るだけだよ」とノートを見《み》せてクッキーをもらう⇨13マス進《すす》む

空《そら》を見《み》あげると、だれかの顔《かお》にそっくりな雲《くも》。だれ？

★お笑《わら》い芸人《げいにん》⇨３マス進《すす》む

★友《トモ》⇨６マス進《すす》む

★あたしの似顔絵《にがおえ》⇨５マス進《すす》む

★なつかしい学校《がっこう》の絵《え》⇨５マスもどる

あれ？ 友《トモ》の声《こえ》が聞《き》こえたような……。どうする？

★友《トモ》の名前《なまえ》を大声《おおごえ》でよんでみる
⇩10マス進《すす》む

★声《こえ》が聞《き》こえたほうへ歩《ある》いていってみる⇩11マス進《すす》む

次《つぎ》のページへ続《つづ》く⇦

妖精《ようせい》が頭《あたま》の上《うえ》をグルグルまわってる！　何《なに》してるの？

★友《トモ》からのメッセージを伝《つた》えようとしている⇩4マス進《すす》む

★グルグルまわって遊《あそ》んでいる⇩3マスもどる

「そこまで真剣《しんけん》なお姉《ねえ》ちゃんに感動《かんどう》しちゃった!!」と山《やま》のようなクッキーをくれた↑↑

⇨2マス進《すす》む

前《まえ》のページから続《つづ》く⇦

とつ然《ぜん》、雨《あめ》がザアザアと降《ふ》ってきた!!　どうする？

★ぬれないように、ノートを頭《あたま》の上《うえ》へ持《も》っていく⇩4マス進《すす》む

★ノートがぬれないように服《ふく》の中《なか》へかくす⇩1マスもどる

あばれグマがおそってきて、交換《こうかん》ノートを飛《と》ばされちゃった

★急《いそ》いでノートをひろってから逃《に》げる⇨4マス進《すす》む

★とりあえず逃《に》げる！　クマがいなくなってから、ノートをひろう⇨6マス進《すす》む

妖精《ようせい》が何《なに》かをささやいた。え、びっくり！　どんな内容《ないよう》？

★もうすぐ友《トモ》に会《あ》える⇩6マス進《すす》む

★友《トモ》があなたを置《お》いて、もとの世界《せかい》にもどっちゃいそう⇩1マス進《すす》む

交換《こうかん》ノートの新《あたら》しいページには、友《トモ》の字《じ》で大《おお》きくメッセージが。何《なん》て書《か》いてあった？

★大《おお》きな木《き》の下《した》で待《ま》ってる！⇨5マス進《すす》む

★早《はや》く来《こ》ないと、先《さき》に帰《かえ》っちゃうよ！⇨6マス進《すす》む

急《きゅう》に暑《あつ》くなって、汗《あせ》がダラダラ↓　どうしたんだと見《み》まわすと、太陽《たいよう》がふたつに!?

★いやいや、そんなわけないし。
気《き》のせい気《き》のせい
⇩6マス進《すす》む

★友《トモ》があたしをさがしてるしょうこだ!!⇩7マス進《すす》む

目《め》の前《まえ》においしそうな木《き》の実《み》✧
でも、その木《き》の前《まえ》には「食《た》べたら好《す》きな人《ひと》に会《あ》えないよ」という看板《かんばん》が……。でも食《た》べたいな～。

★好《す》きな人《ひと》なんていないから
食《た》べちゃう～⇨5マス進《すす》む

★友《トモ》に会《あ》えないと困《こま》るから、
ガマン！⇨6マス進《すす》む

ラクダがとつ然《ぜん》あらわれて、「友《トモ》のところへつれってってあげようか?」って言《い》ってきた。

★すぐつれてってもらう⇨2マス進《すす》む

★こわいから追《お》いはらう⇨1マス進《すす》む

あれ?　友《トモ》の顔《かお》やヘアスタイル、服《ふく》が思《おも》いだせない
どうしちゃったのかな?

★友《トモ》のこと、忘《わす》れちゃった
のかも……⇨1マス進《すす》む

★魔法《まほう》にかかっちゃったんだ
⇨8マス進《すす》む

はなればなれの友《トモ》のことを考《かんが》えたら泣《な》けてきたT^T　思《おも》いうかぶのは?

★友《トモ》と会《あ》う場面《ばめん》⇨2マス進《すす》む

★友《トモ》と会《あ》えず、魔法《まほう》の世界《せかい》でくらすことになって泣《な》く自分《じぶん》の姿《すがた》
⇨3マス進《すす》む

次《つぎ》のページへ続《つづ》く⇦

ゴール!!

やった〜!!

無事《ぶじ》にもとの世界《せかい》へ✧ これからも交換《こうかん》ノートを続《つづ》けて、友情《ゆうじょう》を深《ふか》めちゃお！

友《トモ》とケンカしてたら、妖精《ようせい》が「もとの世界《せかい》への出口《でぐち》はもうふさがったみたいですぅ」って飛《と》んでいった。そんなぁ。このまま魔法《まほう》の世界《せかい》でくらすことになっちゃった……。　おしまい

残《ざん》念《ねん》

⇨スタートへもどる

前《まえ》のページから続《つづ》く⇦

ついに友《トモ》と合流《ごうりゅう》！ 友《トモ》は「おいしいもの、いっぱい食《た》べて楽《たの》しかった♥」だって。

★あたしはたいへんだったのに、ずる〜い！⇨6マス進《すす》む

★な〜んだ。無事《ぶじ》でよかった〜！⇨2マス進《すす》む

とつ然《ぜん》、友《トモ》があらわれた！「どこ行《い》ってたのよぉ～」とプンプンおこってる。

★「会《あ》えたからいいじゃん！」仲直《なかなお》りする⇩4マス進《すす》む

★「そっちこそどこ行《い》ってたの！」と言《い》い返《かえ》す⇩5マス進《すす》む

「会《あ》いたかったぁ！」という声《こえ》がしたと思《おも》ったら、友《トモ》がふたりとも目《め》の前《まえ》にあらわれた!!

★うれしくて大泣《おおな》きT_T ⇨1マス進《すす》む

★魔法《まほう》の国《くに》の話《はなし》で超盛《ちょうも》りあがる！
⇨2マスもどる

あれ？　遠《とお》くに光《ひかり》の穴《あな》を発見《はっけん》。
みんなで飛《と》びこむと……!?
⇩2マス進《すす》む

友《トモ》の声《こえ》が聞《き》こえたのでふりむくと、友《トモ》が魔法《まほう》の世界《せかい》の超《ちょう》イケメンプリンスとうでを組《く》んでた！「あたし、王子《おうじ》さまと結婚《けっこん》するんだぁ♥♥」ってうっとり顔《がお》。

★ダメ！　もとの世界《せかい》へ帰《かえ》らなきゃいけないから、
やめさせる⇩2マス進《すす》む

★ひとりだけいい思《おも》いしちゃって……と不満《ふまん》に思《おも》う
⇩3マス進《すす》む

魔法《まほう》の世界《せかい》に夢中《むちゅう》になってたら交《こう》換《かん》ノートがなくなってた　このままじゃここでくらすことに……。

★そんなのやだ！　友《トモ》と力《ちから》を
合《あ》わせて出口《でぐち》をさがす
⇨3マス進《すす》む

★「それもいいかも！」と言《い》ったら
友《トモ》に反対《はんたい》されて言《い》いあいに
⇨4マス進《すす》む

どんなことノートにかいちゃう？

自分《じぶん》の番《ばん》が楽《たの》しみ！

交換《こうかん》ノートプロフ

いろんな色《いろ》を使《つか》ってね

書《か》きこむページ

Question
交換《こうかん》ノートについて質問《しつもん》〜!!

Yes《イエス》かNo《ノー》をかわいくかこんでね。

・交換《こうかん》ノート
したことある？　Yes《イエス》　No《ノー》

・一度《いちど》に何種類《なんしゅるい》も
交換《こうかん》ノートしたことある？　Yes　No

・止《と》めちゃった
交換《こうかん》ノートがある？　Yes　No

This Pen
どんなペンで書《か》きたい？

当《あ》てはまる をぬってね。
（何《なん》コでもOK《オーケー》！）

カラフルにかわいく、
細《ほそ》めカラーペン

ゴージャスに
ラメ入《い》りペン

まちがえても平気《へいき》な
シャーペン

スイスイ書《か》ける
黒《くろ》ボールペン

返事《へんじ》は何《なん》て書《か》こう？

Choice
交換《こうかん》ノートに何《なに》書《か》きたい？

書《か》きたいものの点線《てんせん》をかわいく
ふちどってね。（何《なん》コでもOK《オーケー》！）

- 見《み》た夢《ゆめ》
- 今《いま》ハマっていること
- 恋《こい》バナ
- おしゃれのこと
- イラスト
- きょうあったこと
- 友《トモ》への質問《しつもん》
- ウワサ
- グチ
- モーソー話《ばなし》
- 将来《しょうらい》の話《はなし》

書《か》きたいこといっぱ〜い！

どれにしようかな

みんな
やりたいな！

Point
ひと工夫《くふう》するなら どれがいい??

やりたいものの点線《てんせん》をかわいくふちどってね。(何《なん》コでもOK《オーケー》!)

日《ひ》づけをかわいくかく
2月3日

自分《じぶん》の名前《なまえ》を毎回《まいかい》ちがうニックネームで書《か》く
アカリソ
アカピー
アカリーヌ

すき間《ま》にシールをはってデコる

天気《てんき》をマークでかく
晴《は》れ→
くもり→
雨《あめ》→

いつも最後《さいご》にP.S.《ピーエス》をつける
P.S. そういえば きょうCD 力していくれて ありがとぉ☆

書《か》き始《はじ》めのセリフを、いつも同《おな》じにする
こんちゃ～す!
やっほー!!

勝手《かって》にオリジナルコーナーを作《つく》る
「きょうの○○さん」
「ミニ4コマ」
「おしゃれポイント」

ときどき字《じ》を変《か》えてみる
ギャル風女字☆
超キレイ文字

よ～し書《か》くぞ↑↑

Sign
最後《さいご》に自分《じぶん》のサイン かくならどれがいい?

ひとつ選《えら》んで□にかわいく♥をかいてね。
(何《なん》コでもOK《オーケー》!)

□ マークの中《なか》に名前《なまえ》 ミカ
□ ローマ字《じ》+★《ほし》 Akari★
□ ひとふでがき ゆい

Rule
ノートをまわすルールは どれがいい?

いいと思《おも》う☆をかわいくぬってね。
(何《なん》コでもOK《オーケー》!)

☆ ノートは直接《ちょくせつ》わたすこと!
☆ ほかの人《ひと》には見《み》せないこと!
☆ 3日以内《かいない》にまわすこと!
☆ キレイな字《じ》で書《か》くこと!

芸能人《げいのうじん》みた～い!

いっぱい笑《わら》って
いっぱい泣《な》いて
ケンカも仲《なか》直《なお》りも
たくさんしたね。

アンタとはこれからも
絆《キズナ》を深《ふか》めていきたいって
そう思《おも》ってるんだ。

…ライバル。

ライバル

「わ！ そのヘアゴム。あたしとかぶってる⁉」

教室《きょうしつ》へ入《はい》ってきたウチノ マオの頭《あたま》を、じ～っと見《み》つめた。

あたしがつけてるのと同《おな》じ。買《か》ったばっかの、フルーツのモチーフがついたやつ。

マオはリュックを、よいしょっておろしてニカッと笑《わら》うと。

「ホントだぁ。きのう買《か》ったばっかなんだよね♪」

うわ～、ほかに持《も》ってる子《こ》がいるなんてショック。

しかも。……ウッソ～⁉

マオがリュックから出《だ》した、パンダがらのポーチもいっしょじゃんっ。

あたしカサジマ ミシュは、本日《ほんじつ》〝おしゃれのライバル〟を発見《はっけん》しました！

同《おな》じクラスのマオのこと、めっちゃ気《き》になり始《はじ》めて……全身《ぜんしん》しっかり観察《かんさつ》しちゃう。

持《も》ち物《もの》がかぶるってことは、好《す》きなお店《みせ》も、あたしと同《おな》じなのかな？

フツーみんなスクバなのに、あえてリュックってのもおしゃれ上級者《じょうきゅうしゃ》っぽいよね。

……なんかメラメラ燃《も》えてきたっ。

おしゃれでマオに負《ま》けたくな～い!!

学校《がっこう》の帰《かえ》り、気合《きあい》を入《い》れて、ウワサの新《あたら》しいショップへくりだした。

わ～い、ポップな服《ふく》がいっぱい♡

店員《てんいん》さんは超《ちょう》かわいいし、流《なが》れてる音楽《おんがく》もイイカンジで……テンションかなりアガる♫

あ。見《み》ぃっけ★

こういうミニスカート、ほしかったんだ!!

ポケットに大《おお》きめのボタンがついてるなんて、レアかも！　すっと手《て》をのばしたら。

わ！　いっしょのタイミングで、だれかの手《て》が同《おな》じスカートをつかんだ!?

「ミシュちゃん！　ぐう然《ぜん》だね♡」

——あああ～っ!!　おしゃれライバル、ウチノマオ！　こんなぐう然《ぜん》、ありえない!!

ミニスカートをつかんだまま固《かた》まってると、近《ちか》くにいた店員《てんいん》さんがそばへ来《き》て。

「そのスカート、今週《こんしゅう》の人気《にんき》NO.《ナンバー》1《ワン》商品《しょうひん》なんですよ。ふたりとも、センスいいですね！」

やった～。ウチらほめられちゃった。マオもちょっと得意《とくい》げな顔《かお》。

「スカートゲットしたし、この後《あと》ヒマだったらタピオカジュース飲《の》みに行《い》かない？」

「タピオカジュース!?　行《い》く行《い》く、大好《だいす》き!!」

流《なが》れで、マオのさそいに乗《の》っちゃった。テヘッ。

タピオカジュースを片手《かたて》に、ベンチへ座《すわ》る。

「実《じつ》はこれがほしくて、あのスカートのお店《みせ》に行《い》ったんだ」

マオが取《と》りだしたのは、さっきのお店《みせ》の……新作《しんさく》ゆかたのカタログ。

「ミシュちゃん、夏祭《なつまつ》りって、ゆかた着《き》る？」

「もっちろん！　ゆかたがなきゃ始《はじ》まらないでしょ」

マオはカタログをパラパラめくると。

「これ、ミシユちゃんに似合《にあ》いそう。髪《かみ》はハーフアップにしてさっ。絶対《ぜったい》キレイだよ」

ほぉ〜、うれしいかも。黒地《くろじ》にピンクのバラのゆかたなんて、今《いま》まで着《き》たことない感《かん》じ。

「じゃ、え〜っとね〜。マオちゃんには、このちょうちょがらのがいいと思《おも》う。すそにレースがついてるし、帯《おび》にキラキラした小物《こもの》とか、ちょいたししたら、まちがいないでしょ！」

ふたりで思《おも》いつくまま、おしゃれテクをい〜っぱいしゃべりまくって。

夏祭《なつまつ》りにはいっしょにゆかたで行《い》こうねって、約束《やくそく》までしちゃった。

それからは、今気《いまき》になってるかわいい物《もの》を教《おし》えあったりしてる。
なんかこういうのいい!!　おたがいを高《たか》めあえるライバルっていうの？
ライバルって、「敵《てき》」なのかと思《おも》ってたけど、実《じつ》は「味方《ミカタ》」だったんだ。
これからマオともっと心《こころ》が通《つう》じるような、そんな予感《よかん》がしてきた☆
（おしまい）

ふたりが親友《シンユウ》になった後《あと》のお話《はなし》が
『一期一会《イチゴイチエ》みんなでオシャレ。』の
第《だい》2話《わ》『とっておき★ショーパン』で読《よ》めるよ

ライバル対決《たいけつ》っ！

しちゃうよ！！　友《トモ》とマネしてみてね♪

これでどうだ！
ミシュ

POINT
花《はな》びらがたれてるコサージュでゴーカに！！
POINT
フワフワ帯《おび》を前《まえ》でリボン結《むす》びしてボリュームアップ↑↑↑
POINT
レースの重《かさ》ねえりがラブリー♪
POINT
ハートの帯《おび》かざりが乙女《オトメ》っぽい♡

こっちのヘアアレもおすすめ!!
大人《オトナ》っぽくするなら……ゆるめ横《よこ》みつ編《あ》み♫
ギャルっぽくするなら……高《たか》めに★横《よこ》ポニーテール
クールにするなら……髪《かみ》をおろしてハット！

ゆかたでおしゃれの

おしゃれをアピれる☆　着《き》こなし&《アンド》ヘアを紹介《しょうかい》

マオ
負《ま》けないぞっ♪

POINT
大《おお》きめリボンバレッタがインパクト大《だい》★
POINT
帯《おび》に花《はな》のコサージュで愛《あい》され女子《じょし》〜
POINT
キラキラチェーンで大人《オトナ》っぽく！
POINT
そで口《ぐち》に見《み》せるレースがロマンチック♫

こっちのヘアアレもおすすめ！！

元気《げんき》っ子《こ》にするなら……
クシュッと♥ふたつ結《むす》び

和《わ》ふう美人《びじん》にするなら……
大《おお》きめおだんご☆

キレイめにするなら……
カチューシャふう編《あ》みこみ♪

理想《りそう》のライバルってどんな子《こ》!?

いざ勝負《しょうぶ》！

ライバルプロフ

書《か》きこむページ

いろんな色《いろ》を使《つか》ってね

Serifu

ライバルに言《い》われるなら？

ライバルに言《い》われたいセリフを選《えら》んで、フキダシをかわいくふちどってね。（何《なん》コでもOK《オーケー》！）

あんたがライバルで
ホントよかった

正々堂々《せいせいどうどう》
勝負《しょうぶ》だ！！

きょうは
負《ま》けない！

手《て》かげん
なしね！

あんたのキモチ
ライバルの
あたしには
わかるよ

ウチらは 最高《さいこう》のライバル
だって思《おも》うよ

あんたが
がんばってると
あたしも
がんばれる

あんたがいる
それだけで
強《つよ》くなれる
気《き》がする

あたし以外《いがい》の
子《こ》に負《ま》けたら
ダメだよ

いろいろあるんだぁ～

Donna?
どんなライバルがほしい？

ほしいライバルの □ にかわいく♪をかいてね。
(何《なん》コでもOK《オーケー》！)

- □ おしゃれのライバル
- □ 勉強《べんきょう》のライバル
- □ スポーツのライバル
- □ ヘン顔《がお》のライバル
- □ 友《トモ》モテのライバル
- □ 恋《こい》のライバル
- □ 字《じ》のうまさのライバル

Anoko
あの子《こ》はライバル？

なんだかドキドキするっ

友《トモ》をひとり思《おも》いうかべて、当《あ》てはまる □ にかわいく★をかいてね。(何《なん》コでもOK《オーケー》！)

- □ 得意《とくい》なものがいっしょ
- □ あの子《こ》がどれだけできるか気《き》になる
- □ 対決《たいけつ》したことがある
- □ あの子《こ》がいるとやる気《き》が出《で》る
- □ ついつい目《め》で追《お》っちゃう
- □ あの子《こ》がいないとなんだかさびしい
- □ 友《トモ》の数《かず》は同《おな》じくらい
- □ モテ度《ど》は同《おな》じくらい
- □ 意見《いけん》がぶつかったことがある
- □ あの子《こ》には負《ま》けたくない

結果《けっか》 ★は何《なん》コだった？

10コ～7コ	6コ～3コ	2コ～0コ
絶対《ぜったい》ライバル！友《トモ》もそう思《おも》ってるはず	ライバルになる可能性大《かのうせいだい》！	ライバルはほかの子《こ》かも…

みんなと ひとつになれる

あの瞬間《しゅんかん》が
好《す》きなんだ。
…部活《ブカッ》。

部活《ブカツ》

「ついにこのときが来《き》たね〜！」

きょうは、一年《いちねん》に一度《いちど》開催《かいさい》される、吹奏楽部《すいそうがくぶ》の全国《ぜんこく》コンクールの日《ひ》。

今《いま》、ステージのウラで、楽器《がっき》を準備《じゅんび》してるところ。次《つぎ》があたしたち、星丘中学《ほしおかちゅうがく》の番《ばん》。

ドクン、ドクン、どうしよう……クラリネットを持《も》つ手《て》が、ガタガタふるえてくる。

足《あし》が譜面台《ふめんだい》にぶつかって、楽譜《がくふ》がバサバサッとゆかへ散《ち》らばった。

ダメ、すっごい緊張《きんちょう》してる……！　こんな状態《じょうたい》で演奏《えんそう》なんてできるの？

そのとき。ポン、とだれかがあたしのかたに手《て》を置《お》いた。

「イサちゃん、ドキドキしてる？　スゥ〜ハァ〜って大《おお》きく深呼吸《しんこきゅう》してみて。落《お》ち着《つ》くから」

同《おな》じクラリネット担当《たんとう》のユキリン先輩《せんぱい》がやさしく笑《わら》っていた。

顔《かお》をあげると、先輩《せんぱい》たちもみんな緊張《きんちょう》した顔《かお》。だけど、こっちを見《み》てほほえんでる。

「あたしたちは、ひとりじゃない。ステージの上《うえ》だって、みんなといっしょなんだよ。だいじょうぶ。絶対《ぜったい》にうまくいく。だから、おそれずに、きょうのこのステージを楽《たの》しもうね！」

三年生《さんねんせい》の部長《ぶちょう》の言葉《ことば》に、あたしたち一年生《いちねんせい》はうなずいた。

そうだよね。信《しん》じなきゃ。自分《じぶん》と、仲間《ナカマ》たちを。

手《て》を差《さ》しだしあって、とびっきりの笑顔《えがお》で、「エイエイオ～！」と気合《きあい》を入《い》れた。

さあ、いよいよあたしたちの番《ばん》。

まぶしいライトの光《ひかり》と、はく手《しゅ》の中《なか》へ。みんなで心《こころ》をひとつにして、舞台《ぶたい》へ進《すす》みでた。

そして……あたしたちの演奏《えんそう》は、キセキを起《お》こしたんだ！

「優勝《ゆうしょう》は……、星丘中学《ほしおかちゅうがく》！」

アナウンスが、会場《かいじょう》にひびきわたった。

みんな、はじかれたように立《た》ちあがって、ナミダいっぱいの顔《かお》で強《つよ》く強《つよ》く、だきあう。

この部活《ブカツ》に入《はい》ってよかった……。ここで出会《であ》えた仲間《ナカマ》は、最高《さいこう》のたからものだよ。

（おしまい）

この部《ぶ》のもうひとつのお話《はなし》が
『一期一会《イチゴイチエ》 恋学期《こいがっき》。友学期《トモがっき》。』の
第《だい》3話《わ》『初部活《はつブカツ》♪初先輩《はつせんぱい》』で読《よ》めるよ

仲間《ナカマ》との キズナは→ 部活《ブカツ》でしょ！

いろんな部活《ブカツ》を紹介《しょうかい》☆　入部《にゅうぶ》して、青春味《セイシュンあじ》わっちゃお！

運動系《うんどうけい》

バスケ部《ぶ》
仲間《ナカマ》とのかれいな
パスまわし☆
バレーボール部《ぶ》
れんけいプレーで
アタック決《き》めちゃう！
卓球部《たっきゅうぶ》
友《トモ》とふたりの
チームワーク！
テニス部《ぶ》
おそろのスコート
あこがれる♡
剣道部《けんどうぶ》
真剣勝負《しんけんしょうぶ》で
友情《ゆうじょう》めばえちゃう☆
ほかにも……
サッカーにダンス
ソフトボールや陸上《りくじょう》
水泳《すいえい》とかもあるよ！

文化系《ぶんかけい》

Band
軽音楽部《けいおんがくぶ》
バンド組《く》んで
ライブしよ！！
吹奏楽部《すいそうがくぶ》
息《いき》ぴったりの
演奏《えんそう》で
音色《ねいろ》は最高《さいこう》♪
Wind-instrument Music
ほかにも……
マンガに手芸《しゅげい》に放送《ほうそう》
演劇《えんげき》や書道《しょどう》とかもあるよ！
Cooking
美術部《びじゅつぶ》
おたがいの人物画《じんぶつが》を
かきっこ〜。
料理部《りょうりぶ》
みんなで協力《きょうりょく》して
巨大《きょだい》ケーキ作《つく》っちゃう♥
Art
茶道部《さどうぶ》
おいしいお茶菓子《ちゃがし》
かこむのもいいっ。

入《はい》ったらどんなことが待《ま》ってるのかな？

書《か》きこむページ
いろんな色《いろ》を使《つか》ってね

青春《セイシュン》っぽ～い！

部活《ブカツ》プロフ

Enjoy Bukatsu!

部活《ブカツ》に入《はい》ったらこんなことが!?

あったらいいなと思《おも》う □（あたし）のらんに♪をかいてね。（何《なん》コでもOK《オーケー》！）
□（友《トモ》）のらんには友《トモ》ふたりにかいてもらおう。

バスケ部《ぶ》に入《はい》って、優勝《ゆうしょう》して
仲間《ナカマ》と泣《な》きながらだきあう！！

あたし	友《トモ》	友《トモ》

サッカー部《ぶ》のマネジャーになって
カッコイイ先輩《せんぱい》と仲《なか》よくなる♥

あたし	友《トモ》	友《トモ》

Let's Go!!

入《はい》りたい部活《ブカツ》は決《き》めてる??

当《あ》てはまる ◯ をかわいくふちどってね。

- 決《き》めてる！
- 迷《まよ》ってる…
- まだ全然《ぜんぜん》…

Feelings

部活《ブカツ》に入《はい》りたいキモチはどれくらい？

入《はい》りたいキモチの数《かず》だけ、下《した》から✿をぬってね。

- 超《ちょう》入《はい》りたい！
- まあまあ入《はい》りたい
- ちょっと入《はい》りたいかも
- START《スタート》

手芸部《しゅげいぶ》に入《はい》って、部室《ぶしつ》にお気《き》に入《い》り

グッズを運《はこ》んでヒミツ基地《きち》に

あたし　友《トモ》　友《トモ》

バレーボール部《ぶ》に入《はい》って、おそろの

リストバンドで気《き》合《あい》入《い》れる！

あたし　友《トモ》　友《トモ》

料理部《りょうりぶ》に入《はい》って、学園祭《がくえんさい》で

クッキーが大人気《だいにんき》に

あたし　友《トモ》　友《トモ》

ダンス部《ぶ》に入《はい》って

アイドルチームを結成《けっせい》★

あたし　友《トモ》　友《トモ》

軽音楽部《けいおんがくぶ》に入《はい》って、バンドの

ファンクラブができちゃう♪

あたし　友《トモ》　友《トモ》

マンガ部《ぶ》に入《はい》って、しめきりに

追《お》われながら原稿《げんこう》を仕上《しあ》げる！

あたし　友《トモ》　友《トモ》

《両思《りょうおも》い編《へん》》

一期一会《イチゴイチエ》シリーズに登場《とうじょう》する女《おんな》の子《こ》たちがとっておきの恋《こい》のお話《はなし》、教《おし》えちゃう♡

中学《ちゅうがく》に入学《にゅうがく》してからあこがれていた学校一《がっこういち》！モテる先輩《せんぱい》からデートにさそわれちゃった〜先輩《せんぱい》はやさしくて、あたしがデートでやりたかったことをどんどんかなえてくれちゃうんだ
デートの最後《さいご》、夕日《ゆうひ》がキレイな海《うみ》で先輩《せんぱい》が告白《コクハク》してくれたの
キャー
あたしナミダが止《と》まらなくなっちゃった
先輩大好《せんぱいだいす》き〜

このお話《はなし》は「一期一会《イチゴイチエ》　世界一《せかいいち》のアイツ。」第《だい》7話《わ》で読《よ》めるよ。

恋《こい》バナ
打《う》ち明《あ》けタ〜イム！

ホントの親友《シンユウ》に聞《き》いてほしい♥

あたしはミル。陸上部《りくじょうぶ》のエース ヤマトとつきあってるの

もうすぐあたしの誕生日《たんじょうび》14歳《さい》になるしゅんかん、いっしょにいたいって言《い》ってくれて超《ちょう》うれしくて誕生日《たんじょうび》が楽《たの》しみ♪

だったのにヤマトが元《もと》カノと会《あ》うって知《し》って それもあたしにナイショで……結局《けっきょく》ヤマトとケンカになっちゃった

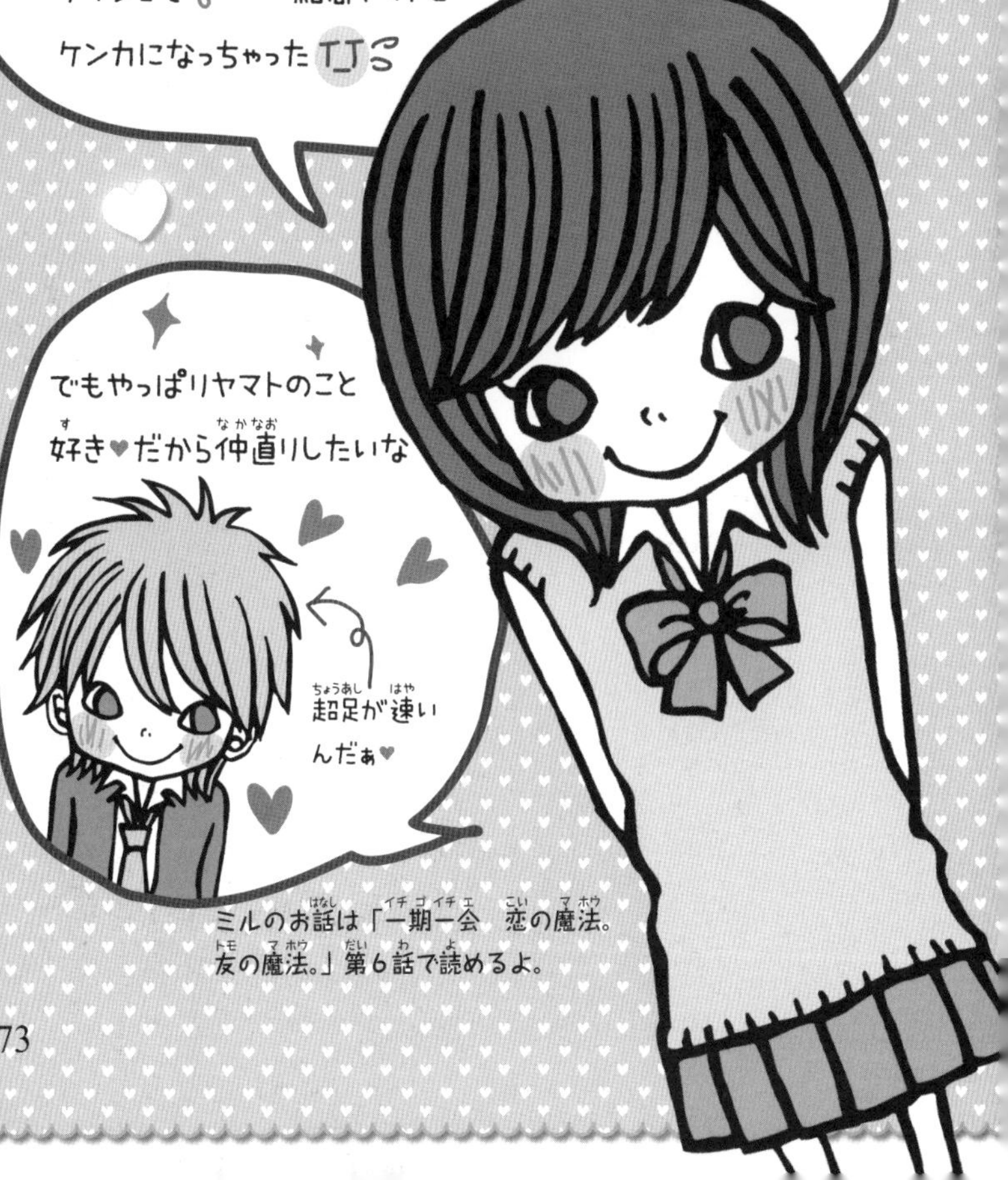

でもやっぱりヤマトのこと
好《す》き♥だから仲直《なかなお》りしたいな
超足《ちょうあし》が速《はや》いんだぁ♥

ミルのお話《はなし》は「一期一会《イチゴイチエ》　恋《こい》の魔法《マホウ》。友《トモ》の魔法《マホウ》。」第《だい》6話《わ》で読《よ》めるよ。

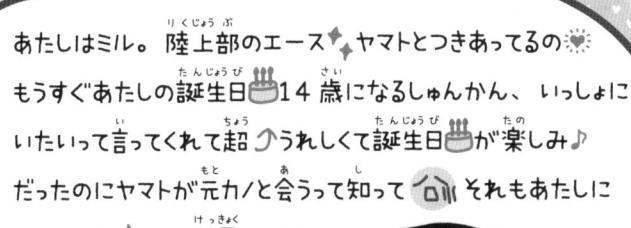

みんなといる

『今《イマ》』が
いちばん楽《たの》しい!!
いちばん最高《サイコー》!!
……おそろ。

おそろ

「やっと自由行動《じゆうこうどう》の時間《じかん》だ～!! ねぇねぇ、どこまわろっか？」

あたし、ユズ。あたしとアンズ、リンゴ、モモは仲《なか》よし四人組《よにんぐみ》。

きょうは、学校《がっこう》の行事《ぎょうじ》で、校外学習《こうがいがくしゅう》に来《き》てるんだ。日本の伝統工芸《でんとうこうげい》を体験《たいけん》ってことで、風鈴《ふうりん》作《づく》りとか、そめものとかにちょうせんしてきたの～。

これから、待《ま》ちに待《ま》った自由行動《じゆうこうどう》の時間《じかん》☆ ウチら四人《よにん》は、もちろんいっしょ。

アッツアツの蒸《む》したてまんじゅうを食《た》べあるきしながら、商店街《しょうてんがい》をブラブラしてると。

「あのお店《みせ》かわいくないっ？」

おしゃれなものが大好《だいす》きなあたしは、キラキラ光《ひか》るステキなおみやげ屋《や》さんを発見《はっけん》！

「見《み》て。あれ、何《なん》だろ？ ガラス細工《ざいく》？ 超《ちょう》キレイ～。中入《なかはい》ってみようよ！」

「わあ、ガラス玉《だま》のストラップだよ。いっぱい種類《しゅるい》ある～」

「ちょい和《わ》っぽくてラブリーだね♡　ちょうどストラップ変《か》えたかったし、買《か》おっかな！」

「何々《なになに》、みんな待《ま》ってや〜。ウチも見《み》たい。あ〜っ、たしかにそれええな！」

「ならさぁ、おそろにしないっ？」

あたしが言《い》うと、全員《ぜんいん》いっせいに「いいねぇ！」ってうなずく。

わ〜い！　そろってケイタイにつけたら、心《こころ》までキラキラしてきそうだよ♪

「どの色《いろ》にしよっかな、やっぱピンクかな〜？　どうする？」

「全員《ぜんいん》、色《いろ》バラバラにしてみいへん？　ウチはこの水色《みずいろ》が気《き》になる！」

「あたしはこのオレンジに決《き》〜めたっ。ユズは？」

「あたしは、赤《あか》かな！　それぞれ、気《き》に入《い》ったのがあってよかったね〜」

お店《みせ》を出《で》て、買《か》ったばかりのストラップを、さっそくケイタイにつけるあたしたち。

きっとストラップを見《み》るたび、この楽《たの》しい時間《じかん》を何度《なんど》も何度《なんど》も、思《おも》いだす。

親友《シンユウ》とのおそろって、どんなに小《ちい》さなものでも、特別《とくべつ》なんだよね！

みんなでケイタイをかざすと、夕日《ゆうひ》をあびて、真新《まあたら》しいストラップがキラッと光《ひか》った。


（おしまい）

ユズたちに起《お》こった大事件《だいじけん》の
お話《はなし》が『一期一会《イチゴイチエ》 一生《いっしょう》の友《トモ》だち。』の
第《だい》5話《わ》『フルーツ☆バスケット』で読《よ》めるよ

友情深《ゆうじょうふか》めちゃえっ

キモチがひとつになることまちがいなし☆

ユズ

簡単《かんたん》にかけて楽《たの》しいの～！

モモ

みんなちょっとずつ変《か》えるとおしゃれや～！

リンゴ

交換《こうかん》ノートでも活《かつ》やくさせちゃう☆

クルクルサイン

はしっこのマークはハートやおんぷなど、全員《ぜんいん》変《か》えてみて。

ちびマーク入《い》り風船《ふうせん》

カタカナの名前《なまえ》と、好《す》きなマークをふたつずつ風船《ふうせん》に入《い》れるよ。

くだものミックス

それぞれちがうくだものを選《えら》んで、ローマ字《じ》で名前《なまえ》を入《い》れよう。

元気系《げんきけい》流《なが》れ星《ほし》☆

星《ほし》の形《かたち》はちょっとくらいヘンテコでもOK《オーケー》！

イニシアルチェリー

名前《なまえ》と名字《みょうじ》の頭文字《かしらもじ》をサクランボにひとつずつ入《い》れるよ。

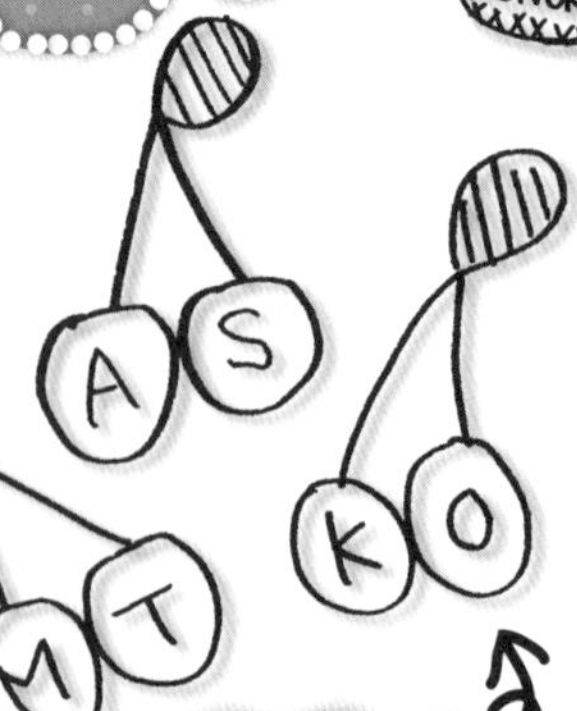

親友《シンユウ》のしるしっ おそろサインで

自分《じぶん》たちのサインをおそろで作《つく》れば

手紙《てがみ》の最後《さいご》に使《つか》うとかわいいの♡

おとぼけアニマル

耳《みみ》の形《かたち》と表情《ひょうじょう》はみんな少《すこ》しずつ変《か》えてみて。

仲《なか》よしクローバー

イニシアルをまん中《なか》に入《い》れて、おしゃれに！

ぷっくり文字《もじ》さん

最初《さいしょ》の文字《もじ》だけ、ふくらんでるみたいにするよ。テカリもかこう。

リボンつきハート

リボンの色《いろ》やもようは友《トモ》と変《か》えてみて。先《さき》に名前《なまえ》を書《か》いてから、まわりのハートをかくと、キレイにかきやすいよ。

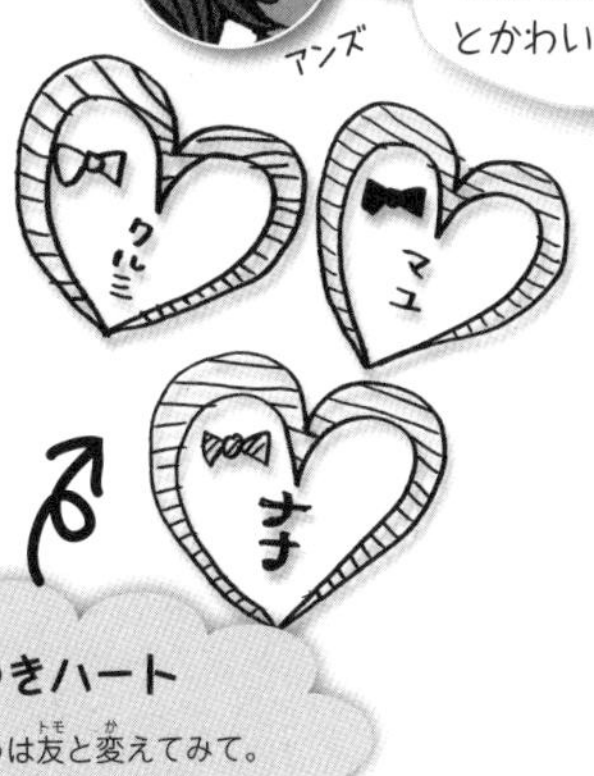

キラリンかんむり

友情《ゆうじょう》だけじゃなく、さりげな〜く姫《ひめ》っぽさもアピれちゃう！

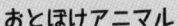

いっぱい持《も》ちたい！

どんなアイテムでキズナ深《ふか》める？

おそろプロフ

書《か》きこむページ

いろんな色《いろ》を使《つか》ってね

Tomo to Osoro
友《トモ》とおそろにするならどれがいい？

おそろで持《も》ちたいものの □ に
かわいく♥をかいてね。（何《なん》コでもOK《オーケー》！）
友《トモ》といっしょに考《かんが》えよう！

おそろクマチャーム

□

おそろミニトート

□

おそろケイタイ

□

おそろリップ

□

おそろペンダント
どれもほしいな☆
おそろデコノート
おそろお弁当《べんとう》箱《ばこ》
おそろかさ
大人《オトナ》になってもおそろできたらええな～

はなれても
ひとりぼっちに
なるわけじゃないよ。

あたしはいつでも
アンタの所《トコロ》へ
飛《と》んでけるから。
…お泊《と》まり会《かい》。

お泊《と》まり会《かい》

あたしミドリ。きょうは、待《ま》ちに待《ま》った、ウチでのお泊《と》まり会《かい》の日《ひ》♫

玄関《げんかん》にスリッパ並《なら》べて、親友《シンユウ》のメグとサッチンを待《ま》ってるとこなんだ。

夕方六時《ゆうがたろくじ》をすぎたころ。ピンポ〜ン♪　とチャイムが鳴《な》って。

「おじゃましまぁす」「こんばんはっ！」

大《おお》きなトートバッグをかたにかけたふたりが、ニコニコ顔《がお》でやってきた〜☆

「いらっしゃ〜い！　おなかすいてる？　ママがたこ焼《や》きの準備《じゅんび》してるの。みんなで作《つく》らない？　たこ以外《いがい》にもいろいろ具《ぐ》を入《い》れてさ！」

「それ、いいね！　あたし、激辛《げきから》わさび入《い》りとかも作《つく》ってみた〜い。ドキドキしてきたっ」

メグもサッチンもノリノリ。さっそくテーブルをかこんで、たこ焼《や》きコロコロ、開始《かいし》☆

「ミドリ、見《み》てっ。あたしの、形《かたち》はちょっとヘンテコだけど、味《あじ》はバッチリ！」

「ホントだ、おいしい～！　こっちのチーズ入《い》りもおすすめだよ☆　食《た》べてみて～」

「どれどれ？　わあ、チーズがとろけて超《ちょう》イケるっ♡」

デザートは、とうめいなグラスに、コーンフレークをしいて、ヨーグルトやカンづめのフルーツを入《い》れて、アイスを盛《も》ったり、チョコビスケットなんかをのっけて……できた～！

手作《てづく》りパフェの完成《かんせい》っ☆　ゴーカだ～♡

メグとサッチンのパフェも、ハートチョコとかクッキーをじょうずに盛《も》っててかわいい！

おたがい、「写《しゃ》メとらせて～☆」ってケイタイかまえて、はしゃいじゃった。

おなかいっぱいになって、おふろにも入《はい》って。パジャマに着《き》がえた、あたしたち。

「ミドリのパジャマ、おっきなリボンつきじゃん！　超《ちょう》かわいい♡」

「しかも、もこもこでさわり心地《ごこち》サイコー。いいなぁ～」

そう言《い》いながら、ふたりがフザけてだきついてくる。ふふふ、なんかうれしいっ。

みんなでリビングにおふとんをしいたら……。

ゴロンとねそべって、サッチンのストレッチ講座《こうざ》がスタート！

「いい？　こうやって足《あし》をあげて三十秒《さんじゅうびょう》キープを二《に》セット。これで美脚《びきゃく》になれるよ～」

「きゃ～っ、キツイ！　え～ん、サッチンよくできるね」

動《うご》いてさわいで暑《あつ》くなったところで、三人《さんにん》ともゴムで前髪《まえがみ》をチョンってあげてみたら。

プッ。思《おも》わずふきだしちゃった。おそろでこの髪型《かみがた》って、なんかウケるよ～～！

「きょう、満月《まんげつ》だって!!」

メグがお姉《ねえ》ちゃんからきたメールを見《み》て、窓《まど》へかけよる。

ガラッと開《あ》けたら……まん丸《まる》の満月《まんげつ》に、キラキラかがやく星《ほし》。キレイに見《み》えてる～！

部屋《へや》の電気《でんき》を消《け》して、窓《まど》ぎわに三人並《さんにんなら》んでねころびながらの天体観測《てんたいかんそく》☆

だまって夜空《よぞら》を見《み》あげてたら、ポツリとサッチンが言《い》った。

「あたし……好《す》きな人《ひと》できたんだ」

「ホントに～っ!!」「だれだれ？　同《おな》じクラス？」

あたしもメグも大興奮《だいこうふん》！

それからは恋《こい》バナタイムが始《はじ》まって、いつも言《い》えないことまでどんどん話《はな》せちゃって。

あたしも好《す》きな人《ひと》のこと、ふたりにはじめて教《おし》えちゃった！

かなり長《なが》い時間《じかん》盛《も》りあがって、フッと、会話《かいわ》がとぎれた。虫《むし》の声《こえ》だけが、静《しず》かに聞《き》こえる。

「今年《ことし》、ふたりとクラスはなれちゃったから……、ホントはずっと、さびしかったんだ」

あたしはナミダ声《ごえ》で、そうつぶやいた。

すると、ふたりは顔《かお》を見《み》あわせて、まん中《なか》にいるあたしに、体《からだ》をギュッと寄《よ》せた。

「ミドリ。はなれてたって、あたしたちの友情《ゆうじょう》、絶対《ぜったい》変《か》わらないよ」

「何《なに》かあったら、いつでもミドリのクラスにすっとんでくから。約束《やくそく》する！」

うなずいたあたしの手《て》を取《と》って、三人《さんにん》そろって夜空《よぞら》を見《み》つめる。

「あたしたちは、ずっと親友《シンユウ》。ずっと世界一《せかいいち》の味方《ミカタ》、だから……ね」


こんなに大切《たいせつ》に思《おも》える親友《シンユウ》と出会《であ》えたキセキを、胸《むね》いっぱいに感《かん》じながら。

遠《とお》く遠《とお》く、かなたまで広《ひろ》がる星空《ほしぞら》に、キズナを誓《ちか》いあったんだ。


（おしまい）

3人《にん》の学校《がっこう》でのお話《はなし》が
『一期一会《イチゴイチエ》 キミの存在《そんざい》。』の
第《だい》1話《わ》『ひとりじゃないよ』で読《よ》めるよ

お泊《と》まり会《かい》でちょこっと手作《てづく》りしよっ★

みんなで作《つく》れば、楽《たの》しさも倍増《ばいぞう》↑↑だよ。

メグ
手作《てづく》りって楽《たの》しい♥

お目覚《めざ》めマシュマロゼリー

夜《よる》作《つく》っておけば、朝《あさ》食《た》べられちゃう、超簡単《ちょうかんたん》ゼリーだよ♡
おうちの人《ひと》と作《つく》ってね。

❶ なべにマシュマロ（100g）と水《みず》（200㎖）を入《い》れ、弱《よわ》火《び》にかける。
かきまぜながらマシュマロをとかし、火《ひ》を止《と》める。

マシュマロ
（水《みず》で洗《あら》って
粉《こな》をとったもの）
水《みず》

❷ 冷《さ》めたら、レモン汁《じる》（小《こ》さじ１）を入《い》れて混《ま》ぜる。

ミドリ

❸ 器《うつわ》にカンづめのフルーツを入《い》れ、❷を流《なが》しこむ。

❹ 冷蔵庫《れいぞうこ》で冷《ひ》やし固《かた》める。

早《はや》く食《た》べたいな♥

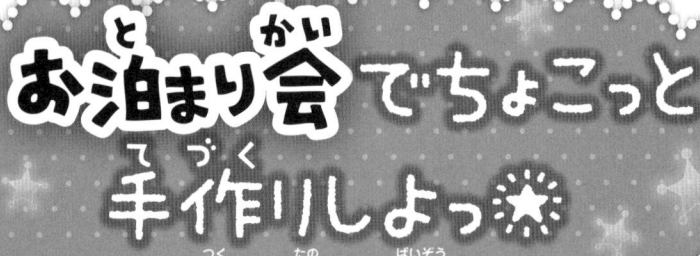

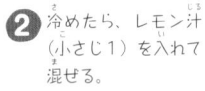

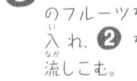

星《ほし》に願《ねが》いごとブレス

夜空《よぞら》の星《ほし》を見《み》ながら、願《ねが》いをこめて編《あ》んだら、つけてねむろう。友情《ゆうじょう》も深《ふか》まるよ。

3本《ほん》の毛糸《けいと》をみつ編《あ》みして結《むす》ぶだけ！
糸《いと》の色《いろ》を変《か》えて、カラフル～☆

ちょい結《むす》び乙女《オトメ》ゴム

美女《びじょ》めざしてストレッチをするときなんかに使《つか》おう♪

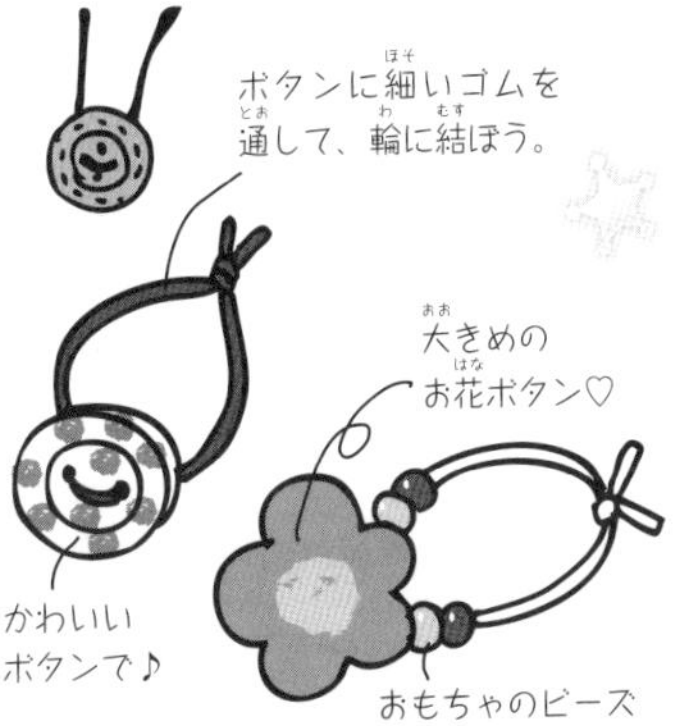

ボタンに細《ほそ》いゴムを通《とお》して、輪《わ》に結《むす》ぼう。
大《おお》きめのお花《はな》ボタン♡
かわいいボタンで♪
おもちゃのビーズ

できそうなやつからやってみよ★
サッチン

おしゃべりデコ★コップ

ワイワイ話《はな》しながらでも、自分《じぶん》の紙《かみ》コップをまちがえないように、目《め》じるしがわりにデコっちゃお！

「飲《の》み物《もの》」を英語《えいご》で書《か》いたり、名前《なまえ》をローマ字《じ》にするとカッコイイ↑
AYA drink
動物《どうぶつ》キャラはほのぼの表情《ひょうじょう》にするのがポイント♡
自分《じぶん》の似顔絵《にがおえ》ふうイラストを大《おお》きくかいちゃえ！

わがまま姫《ひめ》パフェ

好《す》きな材料《ざいりょう》ばっかりのせて、かわいいパフェを作《つく》っちゃおう↑↑

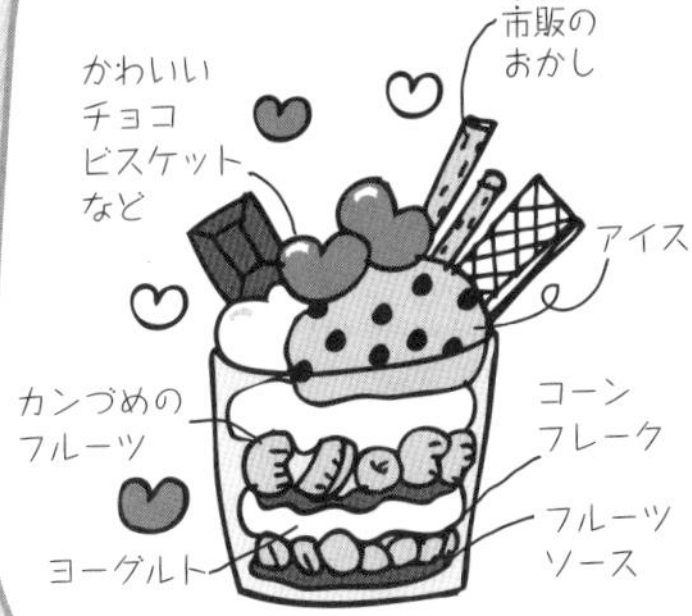

市販《しはん》のおかし
かわいいチョコビスケットなど
アイス
カンづめのフルーツ
コーンフレーク
フルーツソース
ヨーグルト

どんなことして盛《も》りあげたい？

ねむれな〜い☆

お泊《と》まり会《かい》プロフ

書《か》きこむページ

いろんな色《いろ》を使《つか》ってね

RoomWear
お泊《と》まり会《かい》にどんなパジャマ持《も》っていく？

着《き》たい服《ふく》の［リボン］に

水玉《みずたま》もようをかいてね。

（何《なん》コでもOK《オーケー》！）

もこもこパジャマ

おじょうさまパジャマ

チェックがらパジャマ

アニマルパジャマ

Cute Item

お泊《と》まり会《かい》に何《なに》持《も》っていきたい？

そろえたくなっちゃう♪

持《も》って行《い》きたいアイテムの□にチェックしてね。(何《なん》コでもOK《オーケー》！)

- □ ボディークリーム
- □ ねぐせ直《なお》しスプレー
- □ ハートの鏡《かがみ》
- □ 折《お》りたたみコーム
- □ ヘアバンド

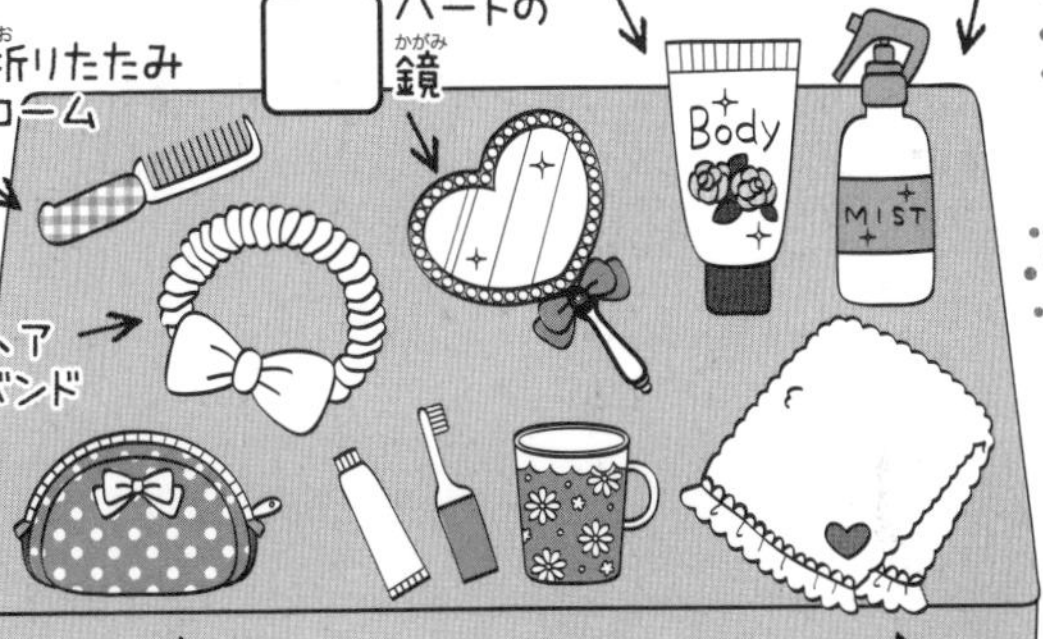

- □ ドットポーチ
- □ 花《はな》がら歯《は》ブラシセット
- □ レースつきタオル

My Friends

お泊《と》まり会《かい》だれとしたい？

友《トモ》の名前《なまえ》をかいてね。

ちゃん

ちゃん

ちゃん

Feelings

お泊《と》まり会《かい》したいキモチはどのくらい？

当《あ》てはまるところまでぬっていこう。

絶対《ぜったい》やりたい！

けっこうやりたい！

ちょっとやりたい！

START《スタート》

次《つぎ》のページへ続《つづ》くよ❤❤

Let's Cooking
お泊《と》まり会《かい》でみんなで何《なに》を食《た》べたい?

作《つく》りたい食《た》べ物《もの》の□（あたし）にかわいく♪をかいてね。（何《なん》コでもOK《オーケー》！）

□（友《トモ》）のらんは友《トモ》ふたりにかいてもらおう！

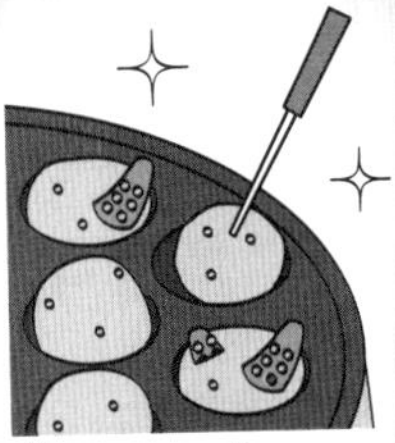

意外《いがい》なものを入《い》れて
コロコロたこ焼《や》き

あたし	友《トモ》	友《トモ》
□	□	□

どれもおいしそう〜!!

たくさんつめこんで
ひんやりフルーツポンチ

あたし	友《トモ》	友《トモ》
□	□	□

ちょっとおしゃれに
甘《あま》々《あま》チョコフォンデュ

あたし	友《トモ》	友《トモ》
□	□	□

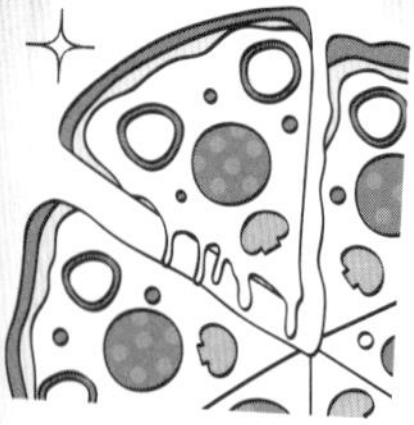

ハムや野《や》菜《さい》をのっけて
とろ〜りピザ

あたし	友《トモ》	友《トモ》
□	□	□

おなかすいた〜
あれ食《た》べた〜い!

ゴーカに好《す》きな具《ぐ》入れて
手《て》まきずし

あたし　友《トモ》　友《トモ》

メープルシロップたっぷり
5段《だん》ホットケーキ

あたし　友《トモ》　友《トモ》

Exciting★ お泊《と》まり会《かい》で何《なに》話《はな》したい？

友《トモ》と盛《も》りあがりたいセリフを選《えら》んで、フキダシをかわいくふちどってね。
（何《なん》コでもOK《オーケー》！）

このメンバーでどこに遊《あそ》びに行《い》きたい？

今《いま》の班《はん》楽《たの》しい？

この前《まえ》の休《やす》みどこか行《い》った？

ズバリ！好《す》きな人《ひと》だれ？

最近《さいきん》イヤだ〜って思《おも》うことある？

クラスのおもしろキャラといえば？

最近《さいきん》おもしろい芸人《げいにん》さんだれだと思《おも》う？

最高何時《さいこうなんじ》まで起《お》きてたことある？

次《つぎ》のページへ続《つづ》くよ♥♥

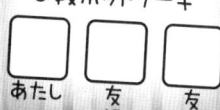

Night

お泊《と》まり会《かい》の夜《よる》は みんなで何《なに》したい？

したいことの□に
あたし

かわいく♥をかいてね。（何《なん》コでもOK《オーケー》！）

□のらんは友《トモ》ふたりにかいてもらおう！
友《トモ》

真《ま》っ暗《くら》にして 学校《がっこう》の怪談《かいだん》

□ □ □

あたし　友《トモ》　友《トモ》

いざ！ まくら投《な》げ

□ □ □

あたし　友《トモ》　友《トモ》

おそろの前髪《まえがみ》チョンヘアで 記念写真《きねんしゃしん》

□ □ □

あたし　友《トモ》　友《トモ》

お泊《と》まり会《かい》たくさんしたいな☆
全部《ぜんぶ》やりた～い
何《なに》する何《なに》する?

ステキ女子《じょし》に
なるためストレッチ

あたし　友《トモ》　友《トモ》

ベランダに出《で》て
星空《ほしぞら》を見《み》る

あたし　友《トモ》　友《トモ》

ねてる友《トモ》にイタズラしちゃえ～

あたし　友《トモ》　友《トモ》

ふとんの中《なか》で
好《す》きな人《ひと》当《あ》てっこ大会《たいかい》

あたし　友《トモ》　友《トモ》

夜中《よなか》までテレビ見《み》ちゃう

あたし　友《トモ》　友《トモ》

雑誌《ざっし》見《み》て
ファッション研究《けんきゅう》

あたし　友《トモ》　友《トモ》

みんながいる、
それだけで
こんなにも
ステキな一日《いちにち》に
なるんだ。
……交
いつだってアタシは

世界一《せかいいち》の味方《ミカタ》は

きっとみんなの
そばにいるよ!!

すっごく嬉《うれ》しいんだ。
ずっと友《とも》だちだよねとか
言《い》わなくたって
あんたといると
伝《つた》わってくるから。
……信友《シンユウ》。

ICHIGO
みんなと
ひとつになれる

みんなといる
『今《イマ》』が
いちばん楽《たの》しい!!
いちばん最高《サイコー》!!
…おそろ。
アンタの味方《みかた》ってこと
忘《わす》れないでね。
…となりの席《せき》。
いっぱい笑《わら》って
いっぱい泣《な》いて
ケンカも仲直《なかなお》りも
たくさんしたね。
アンタとはこれからも
絆《きずな》を深《ふか》めていきたいって
そう思《おも》ってるんだ。
…ライバル。
あの瞬間《しゅんかん》が
好《す》きなんだ。
…部活《ブカツ》。
はなれても
ひとりぼっちに
なるわけじゃないよ。
あたしはいつでも
アンタの所《トコロ》へ
飛《と》んでけるから。
…お泊《と》まり会《かい》。

一期一会《イチゴイチエ》®プロフブックシリーズ 次《つぎ》はこの本《ほん》がおすすめ！

一期一会《イチゴイチエ》 世界一《せかいいち》の親友《シンユウ》。 〜友力《トモリョク》UP《アップ》↑↑プロフブック〜

たとえば第《だい》７章《しょう》では……

修学旅行《しゅうがくりょこう》に来《き》たあたしたち。最《さい》終《しゅう》日《び》はテーマパークでまる１日《にち》自由行動《じゆうこうどう》☆　とつ然《ぜん》、別《べつ》のグループと勝負《しょうぶ》をすることになっちゃって……？

お話《はなし》の後《あと》は親友《シンユウ》とおそろでしたい、リボンカチューシャの作《つく》りかたを紹介《しょうかい》！

7つのプロフを楽《たの》しめるよ！

- 約束《やくそく》いっぱい！プロフ
- 親友《シンユウ》プロフ
- 恋《こい》バナプロフ
- 自己紹介《じこしょうかい》プロフ
- 友男子《トモだんし》プロフ
- オシャレプロフ
- 修学旅行《しゅうがくりょこう》プロフ

友《トモ》モテテクものってる！
にぎやかな1冊《さつ》だよっ

恋《こい》バナ

プロフでは、
友《トモ》に恋《こい》の
相談《そうだん》をしてる
気分《きぶん》になれる

修学旅行《しゅうがくりょこう》プロフでは、
持《も》っていきたい物《もの》や
行《い》きたいお店《みせ》を楽《たの》しく
チェックできちゃう！

オシャレプロフでは、
親友《シンユウ》と着《き》たいコーデに
色《いろ》をぬっちゃお！

ワクワクするプロフが
いっぱいだよ！！

一期一会《イチゴイチエ》 世界一《せかいいち》の仲間《ナカマ》。
～友《トモ》と青春《セイシュン》のプロフブック～

たとえば第《だい》6章《しょう》では……

パパの転勤《てんきん》でアメリカにいるあたし。きょうは誕生日《たんじょうび》。日本にいる友《トモ》のことを考《かんが》えていたら、手紙《てがみ》が来《き》て……！？

キズナの力《ちから》が元気《げんき》をくれるよ～っ

さらに…この本《ほん》もチェック！

読《よ》んでみよっ
どんな本《ほん》かな
友情《ゆうじょう》の本《ほん》っていいよね！

仲間《ナカマ》のキズナを守《まも》れっ
次のページへ続く
69

お話《はなし》の次《つぎ》は、質問《しつもん》に答《こた》えながら進《すす》んでいく「仲間《ナカマ》のキズナを守《まも》れっ！」ゲームだよ！ゴールできるかな！？

7つのプロフを楽《たの》しめるよ！

- あたしの友《トモ》プロフ
- 盛《も》りあがる↑↑プロフ
- 笑顔《えがお》プロフ
- 相性《あいしょう》プロフ
- はげましプロフ
- キズナプロフ
- 友情《ゆうじょう》プロフ

友《トモ》っていいなってじ〜んと感《かん》じられる1冊《さつ》だよっ

笑顔《えがお》プロフでは、友《トモ》といっしょに笑顔《えがお》をかいて完成《かんせい》させるよ

キズナプロフでは、チェックしていくと、友《トモ》のことをどのくらい大事《だいじ》にしてるかわかっちゃう！

友情《ゆうじょう》プロフでは、一生《いっしょう》の友《トモ》といつかしてみたいことをチェックしていくよ！

友《トモ》といっしょに盛《も》りあがっちゃお〜！

一期一会《イチゴイチエ》
世界一《せかいいち》のスキ。
～恋《こい》のときめきプロフブック～

IchigoIchie IchigoIchie
一期一会の
世界一のスキ。
恋のときめきプロフブック
Sukinamonoha Suki
Dokoga Sukitoka
Nande Sukitoka
Riyuunante nai
Sukidakara
IchigoIchie IchigoIchie

恋《こい》を夢《ゆめ》みる気分《きぶん》が味《あじ》わえるプロフがいっぱい。恋《こい》のミニストーリーも全《ぜん》8話《わ》。さらに、うらないやクッキング、プリテクなども入《はい》ってるよ！

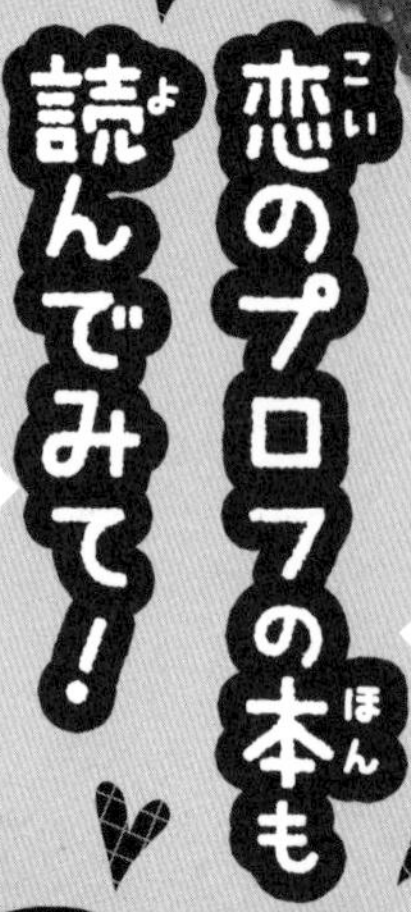
恋《こい》のプロフの本《ほん》も
読《よ》んでみて！

気《き》になっちゃう！

ときめきプロフでは、気《き》になる男《おとこ》の子《こ》のことを書《か》きこんでいくよ。思《おも》わずキュン！

結婚式プロフ

ときめき席がえ
DokiDoki Situation
ときめき☆プロフ
Love Question
Boy's Data
Character Chart

結婚式《けっこんしき》プロフでは、着《き》てみたいドレスや指輪《ゆびわ》を選《えら》んで、夢《ゆめ》をふくらませちゃお！

デートプロフでは、着《き》たい服《ふく》や行《い》きたい場所《ばしょ》など、あこがれのデートをモーソーしまくりっ！

一期一会《イチゴイチエ》 世界一《せかいいち》のアイツ。

～恋《こい》の始《はじ》まりプロフブック～

「アイツのキモチ」「イチズ」「デート」など、恋《こい》の始《はじ》まりにぴったりのプロフが次々登場《つぎつぎとうじょう》するよ。

告《コク》らせ★プロフでは、すぐにできるモテテクを書《か》きこみながらマスターできちゃうよ！

一期一会《イチゴイチエ》 世界一《せかいいち》のモテ。

～恋《こい》の大作戦《だいさくせん》プロフブック～

「告《コク》らせ☆」「バレンタイン」など、恋《こい》を大成功《だいせいこう》させたい子《こ》におすすめのプロフが盛《も》りだくさん！ プロフのかわいいデコりかたものってるよ！

一期一会
世界一の味方。
ホントの親友プロフブック

2012年3月30日　第1刷発行

キャラクター 株式会社 マインドウェイブ

装丁 小林峰子
本文デザイン のぐちふみこ　ベスヨシコ
ストーリー チーム151E☆
作画協力 カタノトモコ　大野直美
岡村治栄　小坂菜津子
本文イラスト ajico　岩崎あゆみ　さとうゆか
白ふくろう舎　せり☆のりか　よこやまひろこ
心理ゲーム・占い マリィ・プリマヴェラ
構成・編集協力 粟生こずえ　石田抄子
及川愛子　宮野未帆　関野桃子

発行人 松原史典
編集人 川田夏子
総括編集長 山本耕三
企画編集 北川美映　髙橋美佐
八巻明日香　石田沙織
発行所 株式会社 学研教育出版
〒141-8413　東京都品川区西五反田2-11-8
発売元 株式会社 学研マーケティング
〒141-8415　東京都品川区西五反田2-11-8
印刷所 日本写真印刷 株式会社

この本に関する各種お問い合わせ先
【電話の場合】
●編集内容については　TEL.03-6431-1611（編集部直通）
●在庫、不良品（落丁、乱丁）については　TEL.03-6431-1197（販売部直通）
【文書の場合】
〒141-8418 東京都品川区西五反田2-11-8
学研お客様センター『一期一会』係

この本以外の学研商品に関するお問い合わせは下記まで。
TEL.03-6431-1002（学研お客様センター）